यादों के झरोखे

डॉ.एम.ए.बेग 'राही'

ट्रू साइन

प्रकाशक : टू साइन पब्लिशिंग हाउस

पता : SY.N0.21/2 & 21/3, सोननहल्ली,

कृष्णराजपुरल, बेंगलुरु, कर्नाटक – 560049, भारत

ईमेल: books@truesign.in

वेबसाइट: www.truesign.in

यादों के झरोखे

डॉ.एम.ए.बेग 'राही'

ISBN: 978-93-54629-03-7

संस्करण: 2022

अनुक्रमणिका

मानवीय संवेदनाओं की अभिव्यक्ति,

 कवि की व्याख्या की जाए वह विश्व पटल पर होने वाली घटनाओं को आंतरिक दृष्टि से देखता है, मन में उठे हुए भावों को शब्द रूप प्रदान करता है। कविता देह का आत्मा की ओर झुकाव है, जिसमें मानवहित अंतरनिहित होता है। डॉ.एम.ए.बेग 'राही' बहुआयामी प्रतिभा के धनी हैं, उन्होंने पद्य तथा गद्य दोनों में लेखनी चलायी है। काव्य मंचों पर आपकी रचनाएँ श्रोताओं द्वारा करतल ध्वनि से सराही गई, जिसका में साक्षी रहा हूं।

आपका दूसरा आयाम कथा शिल्प का है। हिन्दुस्तान की लोकप्रिय प्रत्रिकाओं ने आपकी रचनाएँ प्रकाशित की है। आप पत्रकारिता जगत से भी जुड़े रहे। जनप्रिय साप्ताहिक पत्र 'राही एक्सप्रेस' के प्रधान संपादक रहे।

'यादों के झरोखे' कहानी संग्रह डॉ. राही की दीर्घकालीन साहित्य साधना का प्रतिफल है। सामाजिक चरित्र के पतोन्मुखी होने पर आपने गंभीर चिंतन किया है। अपनी कहानियों में मानवीय संवेदनाओं को शब्द रूप दिया है।

बहुत से दार्शनिक प्रेम को ही ईश्वर का पर्याय मानते हैं। प्रेम में समर्थन होता है, प्रेम शक्ति है। 'यादों के झरोखे' कहानी संग्रह में 9 कहानियाँ हैं। सभी कहानियाँ अलग-अलग विषय वस्तु की हैं परन्तु सभी में मानव मन की पीड़ा समाहित है।

'यादों के झरोखें' एक प्रेम कहानी है। ऐसा कहा जाता है कि मर्द औरत की कमजोरी है परन्तु यहां कथा शिल्पी ने औरत को मर्द की ताकत सिद्ध करने का प्रयास किया है। इसी कहानी में एक स्थान पर डॉ. राही ने लिखा है-

तुमने भी तो पढ़ा होगा जब सिकन्दर महान के गुरु अरस्तु (एरिस्टोटल) ने सीथिया के प्रेम में सिकन्दर को आसक्त देखकर विश्व विजय अभियान की सफलता के मार्ग में व्यवधान पड़ने की चिंता के कारण ही सिकन्दर से कहा था, 'औरत मर्द की सबसे बड़ी कमजारी होती है' किन्तु उस समय सिकन्दर की प्रेमिका सीथिया ने उन दोनों गुरु तथा शिष्य की वार्ता के बीच पहुंच कर उत्तर दिया था 'औरत मर्द की सबसे बड़ी ताकत भी है।'

प्रभात मैं भी तुम्हारी शक्ति बनकर तुम्हारे साथ जीवन व्यतीत करना चाहती हूं, दुर्बल बनकर नहीं।

स्पष्ट है लेखक स्त्री विमर्श का चिंतन करता है और अपनी कथा शिल्प के माध्यम से स्त्री संवेदनाओं के चित्र उकेरता है।

मैं हृदय से आशीर्वाद देता हूँ और यशस्वी जीवन की मंगल कामना व्यक्त करता हूँ। मेरा विश्वास है यह कहानी संग्रह 'यादों के झरोखे' अग्रिम कृति की प्रतीक्षा में पाठकों के बीच सराहा जायेगा।

दिनांक- 10.11.2021
मोहनलाल मिश्र 'धीरज'
एडवोकेट/लेखक
अध्यक्ष, संस्कार भारती
डी-पी-सेवा संस्थान उन्नाव
149, सिविल लाइन्स, उन्नाव
सम्पर्क सूत्र- 9451110945

अपनी बात

सख्त राहों में भी आसान सफर लगता है!
यह मेरी माँ की दुआओं का असर लगता है!

कहानियाँ घरों के अन्दर से लेकर बाहर तक, रास्तों तथा बाजारों में बिखरी पड़ी हैं। जिन्हें समेट कर, सजा-संवार कर प्रस्तुत करना साहित्यकार की कला है। विद्वान, विख्यात तथा महान् साहित्यकार जिस अच्छे तथा आकर्षक ढंग से कहानियों का प्रस्तुतीकरण करते हैं, शायद उस प्रकार के प्रस्तुतीकरण में मैं स्वयं को अक्षम समझता हूँ, किन्तु फिर भी प्रयास कर रहा हूँ। कुछ सामाजिक ढांचे को प्रभावित किया जिसके परिणामस्वरूप चिंतन लेखन एक दूसरे से मित्रवत मिलन अवरुद्ध होने लगा। जिससे मेरा मन, आत्मा दुखी हो गये तथा मैंने त्रस्त होते हुए विचार किया- क्यों न काल चक्र से वार्ता की जाय। मैंने पूछा-

हे काल चक्र! तुमने हम सबको किस युग में लाकर डाल दिया तुम तो कहते थे कि हम तुम सबको स्वर्ण युग में ले जा रहे हैं? खैर, मैं जानता हूँ तुम मेरे प्रश्न का उत्तर नहीं दोगे। अब मैं तुम्हारे द्वारा लाये गये युग से पूछता हूँ।

हे युग! तुम ही बताओ आखिर तुम करना क्या चाहते हो? हम लोग सभी धर्मों, समुदायों तथा जातियों के लोग कितना प्रेमपूर्वक, चैन और अमन के साथ एक-दूसरे के साथी, सहयोगी, मित्र, हमदर्द बनकर सामाजिक रिश्तों में बंधे परिवार की भाँति जीवन व्यतीत कर रहे थे। शायद तुम्हें हमारा मेल-मिलाप तथा भाईचारा अच्छा नहीं लगा और तुमने आकर विघटन कर दिया। वह शीशा जिसमें चेहरा सुन्दर दिखता था उसे चकनाचूर करके एक चेहरे को कई चेहरों में बाँट दिया। तुमने शीशे की भाँति दिलों को तोड़ दिया। तुम्हारी इस क्रिया से जानते हो! समाज कितना दुखी है? मित्रता तथा सामाजिक प्रेम सम्बन्धों को कितना बड़ा आघात लगा है? किन्तु हम सब आज भी पूर्व की भाँति मित्रता तथा प्रेमपूर्वक सामाजिक रिश्तों में बंधे रहने का निर्वाह कर रहे हैं। यह भी समय और जीवन की एक कहानी है।

जिस समय लेखक कोई कहानी लिखने बैठता है तथा जब लेखन में लीन हो जाता है, उस समय वह लेखक नहीं वरन उस कहानी का स्वयं ही नायक होता है तथा तब कहानी लेखन में रवानगी आ जाती है। उस समय लेखक अपने आसपास के वातावरण तथा समय आदि से बेखबर होकर लिखता चला जाता है।

कहानियाँ जीवन के सत्य को उजागर करती हैं, मार्गदर्शन करती हैं। कहानियाँ मन बहलाने के साथ सामाजिक व्यवस्था को उजागर करने के साथ ज्ञान भी देती हैं। यद्यपि मेरी कहानियाँ जो इस संग्रह ''यादों के झरोखे'' में प्रकाशित है, यह सब साधारण जीवन की साधारण भाषा में है। जिनकी पसंद या नापसंद पाठकों पर निर्भर है। पाठकों का निर्णय सर्वोपरि है।

डॉ. एम.ए. बेग 'राही'

यादों के झरोखे

लोना लगे जर्जर मकान में रहने वाली यह बदनसीब कहीं दूर महल पर रखे दिये के प्रकाश की एक किरण से अपने अन्तर्मन और जीवन के अंधकार के दूर हो जाने की आस लिये बैठी है। जिसके जीवन में तुम विश्वास बनकर आये और अधिकार बन कर छाते चले गये। अंधकार में भटकती नारी का हाथ थाम कर तुम ही इसे प्रकाश में लाये। मैं भी बावली हो गयी तुम्हारा निर्मल गंगा जल सरीखा प्रेम पाकर। तुम जितने गंभीर हो उतने हँसमुख भी। मेरी हँसी, कहकहे और चंचलता तो जीवन में घटने वाली विडम्बनाओं के अंधकार में विलीन हो चुकी थी, किन्तु तुम्हारी निकटता ने मेरे तन और मन में जीवन के ठहरे हुए समुद्र में अपने प्रेम की कंकरी फेंक कर ज्वार में उठने वाली लहरों की भाँति हलचल मचा दी।

प्राइवेट फर्म से पिताजी को नौकरी से हटा दिये जाने के कारण घर में उत्पन्न निर्धनता इसके उपरान्त उनका निधन तथा माँ की बीमारी के कारण जब घर में एक भी पैसा न बचा तो माँ की दवा कैसे लाती? जहाँ एक समय के भोजन के लाले हों। इन्हीं परिस्थितियों के कारण ही तो मैं पोस्ट ग्रेजुएशन की पढ़ाई अधूरी छोड़कर नौकरी की तलाश में प्राइवेट तथा सरकारी कार्यालयों के चक्कर काटने लगी। उस रात मैं बहुत रोयी जिस दिन एक कार्यालय के एक बाबू ने मेरा हाथ पकड़ कर नौकरी दिलाने का आश्वासन तो दिया किन्तु बदले में मेरे शरीर का सौदा करना चाहा। अपना हाथ झटक कर छुड़ाते हुए मैं उस बाबू से केवल इतना कह कर चली आयी थी, 'मेरे स्थान पर यदि तुम्हारी बहन होती, तो भी क्या तुम उसके सामने यही प्रस्ताव रखते?'

उस रात्रि मुझे नींद नहीं आयी थी। सारी रात रोते बीत गयी थी। प्रात: मैं अपने थके, हारे तथा बिखरे जीवन को कर्ज तथा अभिशाप अनुभव करती हुई जब गोमती नदी की धारा में शाही पुल से कूद कर जल में समा रही थी। उसी समय तुम आ गये और तुमने भी मेरे नदी में कूदने के तुरन्त बाद नदी में छलाँग लगा दी। और मुझ डूबती हुई अभागी को अपनी बाँहों में समेट कर किनारे लाकर रेत पर लिटा दिया।

उस समय मैं मूर्छित थी। तुमने पीठ दाब कर पेट में गया पानी मेरे मुँह से बाहर निकाल दिया। मेरे होश में आने पर तुमने कहा था, 'सोनाली! जीवन पर तुम्हारा यह अधिकार तो नहीं है, जो तुम करने आयी थीं। तुम्हारा इस निर्णय का कारण तो मैं नहीं जानता किन्तु यह अवश्य जानता हूँ कि जीवन देना तथा जीवन लेना यह ईश्वर की व्यवस्था है तथा उसकी इच्छा पर निर्भर करता है। जीवन से निराश होकर आत्महत्या करना कायरता, पाप तथा अपराध है। किसी कुँवारी युवा लड़की द्वारा आत्महत्या किया जाना उसके दामन को कलंकित सिद्ध करने में यह मानव समाज बहुत बढ़ चढ़ कर कहानियाँ गढ़ने से नहीं चूकता है। मनुष्य को कठिन से कठिन परिस्थितियों से संघर्ष करके उन पर विजय प्राप्त करने की क्षमता ईश्वर ने प्रदान की है। इसका उपयोग करके तो देखो।

इस हादसे के उपरान्त हम दोनों के बीच निकटता बढ़ती चली गयी तथा मुझे अनुभव होने लगा कि मेरी आत्मा में चुभे हुए काँटे तुम ने चुन कर अपने हृदय में रख लिये है। इसके बदले में तुमने मुझे नया जीवन, हौसला, हिम्मत और जीवित रहने की नयी राह दी। नया जीवन प्रदान किया।

विश्वविद्यालय में तुम मेरे सहपाठी थे, किन्तु मेरे और तुम्हारे बीच बातचीत का कभी कोई अवसर नहीं आया। तुमने ही बताया था कि तुम गोमती नदी में नित्य ही तैराकी का अभ्यास करने जाते हो। मैं अक्सर बैठी सोचा करती हूँ कि यदि मैं आत्महत्या करने न गयी होती तो तुम जैसा अच्छा और सच्चा साथी मुझे कहाँ मिल पाता ?

हम दोनों के बीच निकटता बढ़ने के उपरान्त एक दिन फिल्म शो देखने का प्रस्ताव मेरे समक्ष जब तुमने रखा! तो मैंने झिझक सी महसूस करते हुए इनकार कर दिया था। मेरे इस अप्रत्याशित उत्तर से तुम्हारा खिला हुआ चेहरा सुस्त पड़ गया था, जो मुझसे देखा न गया और मैंने हामी भर दी थी। फिल्म भी तुमने अच्छी चुनी थी, 'प्यार किसी से होता है'। मैं संकोचवश लज्जा में डूबी सीट पर सिमटी बैठी थी और तुम अंधेरे का लाभ उठा मेरा हाथ अपने हाथ में लिये बैठे रहे।

आज वह संध्या स्मृति पटल से टकरा रही है, जब हम दोनों रात्रि की छिटकी चाँदनी में गोमती में नौका विहार कर रहे थे। नाव धीमी गति से नदी के पट की सतह पर बह रही थी। तुम भी पतवार थामे मौन बैठे निहार रहे थे। मैं भी नदी की सतह पर बिछी चाँदनी की सफ़ेद चादर पर तुम्हारे साथ मिला हुआ अपना प्रतिबिंब

बैठी निहार रही थी। स्तब्धता से ऊब कर मैंने कुछ कहने को ज्यों ही अपने अधर खोलना चाहा, तब तुमने अपनी भीगी हुई उंगलियाँ मेरे अधरों पर रखकर कहा था, 'प्रेम की खामोश क्षणों को अनकहा ही रहने दो। प्यार के एहसास को बोलकर झंकृत मत करो क्योंकि प्यार के उद्गार की कोई अभिव्यक्ति नहीं होती। कितना सुखद होता यदि समय इन्हीं क्षणों पर थम कर रह जाता।'

तुम्हारे अगाध प्रेम में डूबे होने के उपरान्त मैं अक्सर भयभीत हो जाती हूँ अपने अभिशप्त जीवन के विषय में सोचकर कि कहीं तुम बदल तो नहीं जाओगे, मुझे भुला तो नहीं दोगे? मेरे इस प्रश्न के उत्तर में तुमने कहा था, 'मृत्यु समय बदल सकती है। मछली बिना जल के जीवित रह सकती है। सूर्य रात्रि में निकल सकता है किन्तु प्रभात सोनाली के बिना न ही जीवित रह सकता है, और न ही उसे कभी भुला सकता है। भला इस संसार में माँ तथा तुम्हारे अतिरिक्त मेरा है भी कौन? कोई भी तो नहीं है। आज के बाद यह शब्द अधरों पर लाकर मेरे सागर से गहरे असीम प्रेम को आघात न पहुँचाना सोनाली।' तुमने दुखी होते हुए कहा था। तुम कहते रहे और मैं तुम्हारी और स्तब्ध निहारती रह गयी थी। तुम्हारे उत्तर से मुझे आत्मिक शान्ति का अनुभव होने लगा कि मेरी ही भाँति, तुम्हारे हृदय में भी मेरे प्रति प्रेम का समुद्र ठाठें मार रहा है।

इस समय मुझे अनुभव हो रहा है कि तुम बांहें फैलाये समाने खड़े हो। मेरा मन भी विह्वल हो रहा है तुम्हारा बाहुपाश में बंध जाने को। आज मुझे तुम्हारे प्रथम आलिंगन के वह लम्हे मेरे मानस पटल से आकर टकरा रहे हैं जब मैंने तुमसे कहा था, 'क्या निर्मल प्रेम की सीमाएं तोड़ देना चाहते हो? पुरुष हो न! नारी को एकान्त में पाकर स्वार्थ, वासना की ओर बढ़ना पुरुषों की प्रवृत्ति होती है। यद्यपि तुम पर मुझे विश्वास है। तुम चरित्रवान हो! आदर्शवादी हो!' किन्तु पता नहीं क्यों उस समय शायद तुम अपनी भावनाओं पर नियन्त्रण नहीं रख पाये थे! तभी तो तुमने मुझे अपने सशक्त बाहुपाश में समेट लिया था।

मेरे प्रश्न के उत्तर में, तुमने तर्क दिया था- 'आलिंगन तो प्रेम की अभिव्यक्ति है, वासना अथवा व्यभिचार नहीं।' तुम्हारे तर्क के उत्तर में मैंने कहा था, 'खामोशी भरे प्रेम के एहसास में जो आनन्द है, वह अभिव्यक्ति में नहीं है।' यद्यपि तुम्हारी आँखों में लहराते मचलते सागर और जन्मों का सरमाया सी अधरों की थिरकन, जैसे सिमट आयी हों तुम्हीं में सारी बहार, ऐसा होता है सशक्त-बाहुपाश का बन्धन तुम्हारा।

जिसने मेरे हृदय में चुभे सारे कांटे चुन कर अपने हृदय में रख लिये और मेरे मन की चुभन दूर होती चली गयी और मैं तुम्हारी बाँहों में सिमट कर एक सोंधी-सोंधी सी तुम्हारी जिस्मानी सुगन्ध से स्वयं को आनन्दित अनुभव करने लगी।

एक दिन बिना विभा आयी थी शॉपिंग में मुझे साथ ले जाने को। उसके पतिदेव कहीं दूर पर गये हुए थे, मेरे मना करने पर भी मानी नहीं। तुम तो उसे जानते हो कि वह जितनी चंचल है उतनी ही जिद्दी भी। इसलिये उसके साथ मुझे जाना ही पड़ा। शॉपिंग के उपरान्त थक कर वह बोली, 'आओ सोनाली! काफी हाउस में बैठकर एक-एक कॉफी पी ली जाय जिससे थकावट दूर होने के साथ तुम्हारी स्मृतियाँ ताजा हो जाएं। तुम अपनी सीट पर बैठना और मैं प्रभात की सीट पर बैठकर तुम से प्रेम की बातें करूँगी।' और वास्तव में काफी हाउस में बैठकर वैसा ही किया जो उसने कहा था। तुम्हारी सीट पर बैठकर वह मर्दाने अंदाज़ में डायलॉग बोलती रही और शरमाई सी बैठी उसे सुनती रही।

जानते हो प्रभात! आज तुम्हारी स्मृतियों ने मुझे इतना व्याकुल क्यों कर दिया? एक दिन तुमने जो उर्दू शायरी की हिन्दी में प्रकाशित एक पुस्तक लाकर मुझे दी थी! बीती रात्रि नींद न आने के कारण चौदस की छिटकी चाँदनी में वह शायरी की पुस्तक हाथ में लिये मैं छत पर जाकर टहलने लगी। कुछ देर यूँ ही टहलते रहने के उपरान्त मन बहलाने को पुस्तक के पन्ने पलटने लगी, तभी एक ग़ज़ल पर दृष्टि ठहर गयी जिसे पढ़ कर इस शान्त मन के सागर में बस तूफान ही तो उठ पड़ा। उस ग़ज़ल की दो पंक्तियाँ मुझे बेचैन कर गयीं जो यह हैं-

कल रात छत पे 'मीर तकी मीर' की ग़ज़ल,
मैं गुनगुना रही थी कि तुम याद आ गये।

ग़ज़ल गुनगुनाते-गुनगुनाते जो तुम्हारी यादों का सैलाब उमड़ा तो मेरे सब्र का बाँध टूट गया और फिर मैं अपने आप को संभाल न सकी। बहती चली गयी तुम्हारी स्मृतियों के सैलाब की लहरों में, और तुम्हारी स्मृतियों ने मन को कचोटना प्रारम्भ कर दिया और हृदय में दबाकर रखी यादों की परतें खुलती चली गयी, तथा मन के हाथों विवश होकर न चाहते हुए भी यह पत्र तुम्हें लिखने बैठ गयी। इस पत्र में अंकित सम्पूर्ण कहानी से तुम भली भाँति परिचित हो किन्तु जब अतीत मानस पटल

पर छाने लगता है तो बीते दिनों की बातें किसी अपने से पुन: बताकर मन को शांति का एहसास होता है। मैंने यह पत्र उत्तर पाने के लिए नहीं लिखा है। इस पत्र का उत्तर न देना। इस पत्र के उत्तर में जितना समय नष्ट होगा, उस समय का उपयोग कम्पटीशन की तैयारी में करना। मैं अपने पत्र के उत्तर में सफलता प्राप्त करके वापस आने वाले प्रभात के शुभ आगमन की राहों में फूलों के स्थान पर पलकें बिछाए प्रतीक्षा करती मिलूंगी।

तुमने भी तो पढ़ा होगा जब सिकन्दर महान् के गुरु अरस्तू (अरिस्टाटिल) ने सीथिया के प्रेम में सिकन्दर को आसक्त देखकर विश्वविजय अभियान की सफलता के मार्ग में व्यवधान पड़ने की चिंता के कारण ही सिकन्दर से कहा था, 'औरत मर्द की सबसे बड़ी कमज़ोरी होती है।' किन्तु उसी समय सिकन्दर की प्रेमिका सीथिया ने उन दोनों गुरु तथा शिष्य की वार्ता के बीच पहुँचकर उत्तर दिया था, 'औरत मर्द की सबसे बड़ी ताकत भी है।'

प्रभात! मैं भी तुम्हारी शक्ति बन कर तुम्हारे साथ जीवन व्यतीत करना चाहती हूँ। दुर्बलता बनकर नहीं।

तुम्हारी अपनी
सोनाली- रानीगंज (लखनऊ)

कर्मों का फल

'कहिये! माता जी अब आप की तबियत कैसी है ?' मैंने अपनी वयोवृद्ध रोगी से पूछा।

'अरे डाक्टर बेटा, तुम्हारी दवा तो हमें बहुत लाभ पहुँचाती है किन्तु असली रोग तो यह बुढ़ापा है। जो आ जाने के बाद केवल प्राण लेकर ही जाता है। जिसका कोई उपचार नहीं है। और अब जीवित रहने की इच्छा भी तो नहीं बची है। जब जीवन में अपने ही अपने न रहे तो बचा ही क्या ? डॉ. बेटा मेरा आशीर्वाद है तुम्हें तुम खूब फूलोफलो, तुम्हारी दवा और वाणी यह दोनों ही जीवित रखे है हमें।'

'माता जी मैं यह देखता हूँ कि जब आप अस्वस्थ होती हैं तो श्रीवास्तव साहब आप का हाथ पकड़ कर सहारा देते हुए मेरी क्लीनिक पर दवा लेने आते हैं, तथा जब श्रीवास्तव साहब अस्वस्थ होते हैं तब आप उनका हाथ पकड़ कर सहारा देती हुई मेरे पास आती हैं। जबकि आप दोनों ही वृद्धावस्था तथा दुर्बलता के कारण पैदल आने योग्य नहीं हैं। कोई रिक्शा ही कर लिया कीजिये।'

'एक तो यहाँ रोड की चढ़ायी के कारण रिक्शा इधर आने को तैयार नहीं होता है और बैटरी रिक्शा अधिक किराया माँगता है जो हम दे पाने में असमर्थ होते हैं।'

'क्या आपका बेटा अथवा परिवार में कोई ऐसा नहीं है जो आपकी दवा ले जाया करे। जिससे आप दोनों को यह कष्ट न झेलना पड़े।'

'एक बेटा है तथा दो बेटियाँ है। बेटियों का विवाह हो गया और बेटे ने अपनी इच्छा से अपनी पसन्द की लड़की से विवाह कर लिया। जिसकी जानकारी हम लोगों को बाद में हुई।'

'आपका बेटा करता क्या है ?'

मेरा बेटा एल.आई.सी. में अधिकारी है, जिसे बंगला, कार सब उपलब्ध है किन्तु वह कभी-कभार ही आता है। फोन से हम दोनों की कुशल अकुशल कभी पूछता ही नहीं है। एक बेटी का पति यहीं स्थानीय एक इण्टर कालेज में टीचर है। जो किराये

के मकान में रहता था। बेटी के कहने पर कि मकान का किराया जाता है। क्या हम लोग आपके घर के उक्त पोरशन में आ जाएं। आप दोनों वृद्ध हो अकेले ही तो रहते हो। बेटी के प्रेम में हमने हामी भर दी। और दामाद बेटी तथा उसके बच्चे हमारे घर में रहने लगे। हमने सोचा था बेटी दो रोटी पका दिया करेगी किन्तु यह पहली बार देखा कि बेटी ने दो रोटी तो दूर उसके बच्चों से यदि हरा धनिया भी मंगाने को कहो, वह बच्चे अनसुनी करके भाग जाते हैं। बेटे निकम्मे निकल जाते हैं किन्तु बेटियाँ तो अपने माता से बहुत प्रेम करती हैं तथा जो बन पड़ता है करती हैं। किन्तु यह बेटी तो बहुओं से भी अधिक बदतर निकली। उसके अन्दर अपने पति के सिखाने पर हमारा मकान हड़पने की नियत काम कर रही है।'

'बेटा आप लोगों को देखने आने की कभी सुध लेता है? खर्चा पानी भेजता है अथवा नहीं?' मैंने उनसे पूछा।

'नहीं बेटा वह तो अपनी पत्नी तथा बच्चे के चक्कर में हम दोनों को भूल ही गया है। साल-छ: महीने में यदि आता भी है तो थोड़ी बहुत देर के लिये आता है। कभी कभार थोड़े बहुत पैसे दे देता है। पूछता भी नहीं कि आप लोगों का खर्च कैसे चल रहा है। कहता है मकान का थोड़ा पोरशन जो किराये पर उठा है उससे आप लोगों का खर्च तो चल ही जाता होगा। न बीमारी पूछता है न दुख दर्द। हाँ, एक बार मोहल्ले के लोगों ने उसे रोक कर बहुत बुरा भला कह कर अपमानित किया था कि वृद्ध व बीमार तुम्हारे माता-पिता की सेवा तथा देखभाल की जिम्मेदारी तुम्हारी है या मोहल्ले वालों की। इस पर शर्मिन्दा होकर वह अपने साथ हम दोनों को इलाहाबाद ले गया था, किन्तु हम दोनों को देखते ही उसकी पत्नी ने बवाल मचा दिया कि यह बूढ़े-बुढ़िया यहाँ कहाँ रहेंगे। यहाँ इतना स्थान कहाँ है। यह लोग यहाँ गन्दगी फैलाएंगे तुम ही धोना, सफ़ाई करना। मैं इन लोगों के साथ इस घर में नहीं रह सकती। मैं अपने बच्चे को लेकर मायके जा रही हूँ। और फिर मेरा बेटा अपनी पत्नी के मोह में सरेन्डर हो गया तथा बस स्टैण्ड आकर हम दोनों को बस पर वापसी टिकट देकर अपनी पत्नी के पास चला गया और हम दो वृद्ध पुन: अपने एकान्तवास में लौटकर आ गये।' वृद्धा तथा वृद्ध श्रीवास्तव साहब की आँखों से आँसू झर-झर बह रहे थे। मुझे दुख हुआ कि मैंने बेकार में इनको कुरेदा! मैंने अपने कम्पाउण्डर से दो चाय तथा बिस्कुट लाने को कहा। तथा उनको पानी पिला कर,

चाय पिला कर शाँत किया। और वह दोनों वृद्ध एक-दूसरे को सहारा देते अपने घर चले गये।

एक महीना ही बीता होगा कि उन वृद्ध दम्पति के घर के सामने वाले घर में रहने वाले मिश्रा जी जो मित्र हैं, उन्होंने मेरी क्लीनिक पर आकर मुझे बताया कि अचम्भा ही हो गया। वे काफी दुखी थे। मैंने पूछा, 'क्या हो गया मिश्रा जी जो आप इतने दुखी नजर आ रहे हैं?'

'अरे डाक्टर साहब, आपके पुराने मरीज श्रीवास्तव साहब का लगभग एक महीने पहले दिल का दौरा पड़ने से निधन हो गया। यह देख कर उनकी वृद्ध पत्नी कुछ देर उन्हें अपलक खड़ी देखती रही और अचानक अपने मृत पड़े पति पर गिर पड़ीं। जब लोगों ने उन्हें उठाया तो वह भी स्वर्गवासी हो चुकी थीं। एक बेटी ही उनके घर में रहती थी। वह विलाप करने लगी। पड़ोसियों ने उनके इकलौते पुत्र सुधीर को फोन पर उनके माता-पिता दोनों के एक साथ निधन की सूचना दे दी। फिर लगभग तीन घंटे के बाद सुधीर अपनी कार से इलाहाबाद से आया। उसकी पत्नी तथा बच्चा नहीं आए। तुरन्त उनके क्रिया कर्म की व्यवस्था हुई और पति-पत्नी दोनों की अर्थियाँ एक साथ गंगाजी के लिये लेकर गये! एक अचम्भे की बात यह भी थी कि माता-पिता दोनों की अर्थियाँ देखकर भी सुधीर की आँखों में एक आँसू नहीं था। हम लोगों ने महसूस किया शायद ये वृद्ध माता-पिता उस संतान के लिये बोझ थे जो आज उसके सिर से हल्का हो गया। क्रिया कर्म के तुरन्त बाद ही सुधीर इलाहाबाद वापस लौट गया और हफ्ता-दस दिन बाद सुधीर श्रीवास्तव ने पुन: वापस आकर साधारण रूप से माता पिता की तेरहवीं की रस्म की तथा एक दिन रुक कर घर तथा प्लॉट पचास लाख रुपयों में बेच कर इलाहाबाद वापस लौट गया।'

'प्रॉपर्टी बेच आये? कितने में बिकी? लाओ सारा रुपया मेरे खाते में जमा कर दो, कहीं तुम्हारी बहने हिस्सा माँगने न आ जाय! चलो इतनी रकम से हम अपने बेटे को इंग्लैण्ड मेडिकल पढ़ाई हेतु भेज सकेंगे।' सुधीर की पत्नी अनुराधा ने प्रसन्न होते हुए कहा। समय बीतता गया और जब उनका बेटा राजेश इस योग्य हो गया तो उसे इंग्लैण्ड डाक्टरी पढ़ने हेतु भेज दिया।

राजेश की पढ़ाई पूरी होने पर उसे लन्दन के हॉस्पिटल में जॉब भी मिल गई। पहले तो राजेश अपने माता पिता को फोन करके उनका हाल लेता रहता था, किन्तु इधर कुछ दिनों से उसका फोन आना बन्द हो गया। जिससे चिंतित होकर सुधीर ने

कई बार फोन किया किन्तु राजेश की ओर से फोन नहीं उठाया गया। इधर सुधीर रिटायर हो चुका था तथा उसे शुगर का रोग लग जाने से काफी कमज़ोर हो गया था तथा अनुराधा ब्लड प्रेशर की रोगी हो गयी थी। एक दिन सुधीर का फोन राजेश ने उठाया और अपने पिता से बताया कि उसने अपनी क्लासफेलो डॉक्टर लड़की जो क्रिश्चयन है, से विवाह कर लिया है तथा हम दोनों ही सुखी हैं।

'हम से पूछा भी नहीं? तुमने अपनी इच्छा से बिना बताये विवाह कर लिया?' सुधीर ने दुखी होते हुए पूछा।

'पापा आप ने भी तो दादा-दादी को बिना बताये अपनी इच्छा से विवाह कर लिया था तब दादी को भी तो दुख हुआ होगा।'

'बेटा मेरा तथा तुम्हारी मम्मी का स्वास्थ्य खराब रहने लगा है। तुम दोनों यहाँ चले आओ तो एक साथ रहेंगे हम दोनों की भी देख रेख करते रहना।' सुधीर ने राजेश से दुखी लहजे में कहा।

'पापा आप लोगों के पास तो पैसा है। आप दोनों किसी अच्छे डॉक्टर से इलाज करा लीजिये। मेरी पत्नी आप लोगों के साथ ज्वाइन्ट फैमिली में रहना पसन्द नहीं करती है। अत: हम दोनों को यहाँ चैन से रहने दीजिये। दादा-दादी भी तो अकेले रहते थे, उनके पास तो पैसा भी नहीं था। पापा आप को जब पैसे की आवश्यकता हुआ करे तो मैसेज कर दिया कीजिये मैं पैसा भेज दिया करूँगा। फोन करके डिस्टर्ब न कीजियेगा।' और राजेश ने फोन काट दिया।

सुधीर तथा अनुराधा स्तब्ध रह गये थे अपने चहीते इकलौते बेटे का उत्तर सुन कर। आज सुधीर ने कहा, 'अनुराधा यह हमारे और तुम्हारे कर्मों का फल ईश्वर ने हम दोनों को दिया। तुमने भी तो मेरे माता-पिता का तिरस्कार किया था और मैंने पुत्र धर्म नहीं निभाया। इस जुर्म का दण्ड आज ईश्वर ने हम दोनों को अपने इकलौते बेटे से दिलाया है। हमने अपने माता-पिता को बोझ समझा था आज उसका ही फल हमें मिला।'

सुधीर और अनुराधा की आँखों से आँसू बह रहे थे तथा दोनों कह रहे थे कि यदि हमने अपने माता-पिता की सेवा की होती तो आज हमें इतनी बड़ी सजा न मिलती!

कलेक्टर

'साहब! अपोलो हॉस्पिटल आ गया' कार रोक कर ड्राइवर ने पिछली सीट पर अपनी माँ के साथ बैठे अधिकारी से कहा तथा ड्राइविंग सीट से उतर कर कार का पिछला गेट खोल दिया। नीली बत्ती लगी कार से उतरने वाला अधिकारी लम्बा-चौड़ा स्वस्थ तथा गोरा चिट्टा सुन्दर नवयुवक था। जिसने कार से उतरते ही हाथ बढ़ा कर अपनी माँ को भी उतारना चाहा, किन्तु माँ ने कहा, 'मैं स्वयं उतर आऊँगी बेटे।' वह अधिकारी अपनी माँ को रुटीन चेकअप के लिये हर माह यहाँ लाता था। माँ कार से उतर कर खड़ी हो गयी। उसकी माँ स्वस्थ सुन्दर तथा आकर्षक अधेड़ महिला थी। जिनके चेहरे पर नज़र का गोल्डन फ्रेम का चश्मा था। चेहरे पर झुर्रियाँ पड़ने लगी थी। जिनके व्यक्तित्व को देख कर समझा जा सकता था कि वह सम्पन्न व संभ्रांत महिला हैं तथा उनके चेहरे की गंभीरता और आँखों की समुद्र सी गहराइयों में दर्द का सैलाब है तथा जिनमें कोई दर्द भरी दास्तान छुपी है। उनका बेटा थोड़ी दूर खड़ा था। उसी समय एक भिखारी ने सामने आकर हाथ फैलाते हुए कहा, 'बीबी जी! भूखा हूँ।' यह शब्द सुनते ही उन्होंने अपने हाथ में थामे पर्स की चेन खोल कर सौ रुपये का नोट निकाला, तभी उसने पुन: कहा 'तीन दिनों से भूखा हूँ कुछ भी नहीं खाया।' भिखारी का स्वर अत्यन्त परिचित तथा पहचाना लगा, तो उन्होंने भिखारी के चेहरे पर दृष्टि गड़ा दी और उसे गौर से देखले लगी। भिखारी के चेहरे पर बढ़ी हुई दाढ़ी, बड़े-बड़े उलझे हुए सर के बाल, शरीर पर फटे वस्त्र किन्तु उसका स्वर तथा आँखें बड़ी ही निकट की परिचित दिखीं और वह उसे पहचान गयी। उसे पहचानते ही वह अपने अतीत की अंधेरी तथा कंटीली बीथियों में भटकती चली गयीं-

'प्रभात! ओ प्रभात! कहाँ चला गया!'

'जी पापा!' छोटा मासूम बालक प्रभात डरा-डरा सा दौड़ता आकर सामने खड़ा हो गया। नशे में धुत लड़खड़ाते लहजे में रंजन सक्सेना ने पूछा, 'तेरी माँ कहाँ है?'

'किचन में।' डरे सहमे प्रभात ने उत्तर दिया।

'मन्दाकिनी! मन्दाकिनी! किचन से बाहर आ।' चिल्लाता हुआ रंजन सक्सेना किचन की ओर बढ़ गया आटे में सने हाथों के साथ मन्दाकिनी डरती हुई किचन से बाहर आ गयी।

'स्कूल से वेतन ले आयी ?' रंजन ने पूछा।

'हाँ!' मन्दाकिनी का उत्तर था।

'ला देखें कितना लायी है ? मुझे जरूरत है।'

'वेतन से मैं घर में खाने तथा आवश्यकता का सामान ले आयी हूँ। बाकी बचे रुपये प्रभात की फीस के लिये रखे हैं। वह नहीं दूँगी। तुम्हें तो शराब तथा अय्याशी के आगे न ही अपनी पत्नी न बेटे का कोई ध्यान है तथा घर में खाने का सामान है अथवा नहीं किसी भी बात की चिन्ता नहीं है।' जले-कटे लहजे में मन्दाकिनी बोल पड़ी। 'अच्छा! मुझसे जुबान लड़ाती है।' कहते हुए रंजन मन्दाकिनी की ओर झपटा तो वह स्वयं को बचाते हेतु भाग कर किचन के अन्दर चली गयी और किचन का दरवाजा बन्द कर लिया। रंजन के आने से पहले मन्दाकिनी प्रभात की स्कूल ड्रेस पर प्रेस करके भूल से प्रेस का प्लग लगा छोड़कर खाना बनाने किचन में चली गयी थी। रंजन की पकड़ में मन्दाकिनी न आने पर वह झल्ला गया। उसी समय उस दृष्टि गर्म प्रेस पर पड़ी, बस वह पलटा और प्रेस को पकड़कर बोला 'ले तेरे बेटे को ही जलाये देता हूँ जिसे कलेक्टर बनाना चाहती है। कलेक्टर बनेगा इसका बेटा ? इसकी फीस देना आवश्यक है। मेरी आवश्यकता कुछ भी नहीं।' और रंजन ने गर्म प्रेस प्रभात के पैर पर चिपका दी।

'मम्मी बचाओ।' प्रभात रोता हुआ चीख पड़ा।

'अरे जालिम! वह मेरा ही नहीं तेरा भी तो बेटा है।' कहती हुई किचन का दरवाजा खोल कर दौड़ती हुई आकर प्रभात को रंजन की पकड़ से छुड़ाने लगी। बस यही तो चाहता था रंजन और फिर उसने प्रभात को छोड़कर अपनी कमर से पैंट की चमड़े की बेल्ट निकाल कर मन्दाकिनी की पीठ पर बरसाना प्रारंभ कर दी। वह माँ-बेटे रोते चिल्लाते रहे और रंजन मन्दाकिनी को जमीन पर गिरा कर बेल्ट से पीटता रहा तथा जब मन्दाकिनी बेदम हो गयी तो उसे रोता तड़पता छोड़कर उससे पैसे छीन कर चला गया। मन्दाकिनी की पीठ पर बेल्ट की मार से रक्त छलक आया था जिसे देखकर प्रभात अपने जले पैर की जलन व दर्द भूल कर माँ के जख्मों को सहलाता रोता रहा और माँ की पीठ पर रक्त रंजित उभर आयी बरतों पर आँसू

टपकाता रहा। यह मामला केवल आज का ही नहीं वरन् आये दिन किसी न किसी बात पर रंजन मन्दाकिनी की पिटाई करता रहता।

मन्दाकिनी एक प्राइवेट नर्सरी स्कूल में पढ़ाती थी। रंजन भी एक बहुराष्ट्रीय कम्पनी में अच्छी पोस्ट पर था। वह कम्पनी के काम से बाहर तथा विदेश भी जाता था। घर गृहस्थी सुचारु रूप से चल रही थी। मन्दाकिनी अति सुन्दर नवयुवती होने के साथ गंभीर तथा एक सफ़ल गृहिणी थी साथ ही रंजन सक्सेना तथा मन्दाकिनी दोनों पति-पत्नी में अत्यन्त प्रेम था। दोनों का जीवन सुखमय तथा शांतिपूर्ण व्यतीत हो रहा था।

रंजन मन्दाकिनी को पार्टियों में ले जाता और दोनों वहाँ पार्टी इंज्वॉय करते तथा हँसते बोलते घर लौटते। कितना सुखी जीवन था मन्दाकिनी का किन्तु एक शाम उसके जीवन में ऐसी आयी जिसने मन्दाकिनी के जीवन में तूफान उठा दिया जिसने उसके हँसते बोलते सुखमय-जीवन में आग बरसा दी। जिसकी लपटों में उसका बसा बसाया आशियाना ही जला कर राख कर दिया।

वह मनहूस शाम जब मन्दाकिनी कुछ अनमनी सी बैठी शाम को पकाने हेतु चावल चुन रही थी। उसी समय रंजन के घर में प्रवेश करते ही उसके हाथ से चावल की थाली लेकर एक ओर रखते हुए कहा, 'मन्दाकिनी डार्लिंग यह सब छोड़ो और शीघ्र तैयार हो जाओ। आज मेरे एक मित्र का इंगेजमेंट है। बहुत शानदार पार्टी है। मेरे मित्र ने कहा है कि भाभी जी को पार्टी में अपने साथ अवश्य लाना।' और न चाहते हुए भी मन्दाकिनी अपने कमरे में तैयार होकर जब कमरे से बाहर आयी तो रंजन उसे कुछ क्षणों तक तो अपलक देखता ही रह गया फिर बोला, 'मन्दाकिनी तुम तो स्वर्ग से आयी अप्सराओं मेनका तथा उर्वशी को मात देने वाले सौन्दर्य की मलिका नज़र आ रही हो। ब्यूटी क्वीन हो ब्यूटी क्वीन।' इस पर शर्माति हुए उसने उत्तर दिया, 'क्यों मूर्ख बना रहे हैं आप भी तो बहुत हैंडसम हैं।' बातचीत करते हुए वह दोनों पार्टी में जाने के लिये रवाना हो गये।

पार्टी अपने चरम पर थी महिलायें तथा पुरुष खाने पीने में मस्त इंज्वॉय कर रहे थे। रंजन मन्दाकिनी का हाथ अपने हाथ में लिये अपने मित्र तथा उसकी मंगेतर के सामने जाकर खड़ा होते हुए बोला, 'मेरी पत्नी मन्दाकिनी और यह मेरे मित्र सुजीत तथा इनकी मंगेतर सुलक्षणा।' सुजीत तथा सुलक्षणा ने आगे बढ़कर मन्दाकिनी का स्वागत किया तथा सुजीत ने रंजन की ओर देखते हुए कहा, 'यू आर वेरी लकी

रंजन! योर वाइफ इज़ ब्यूटी क्वीन, सो मच ब्यूटीफुल।' सुजीत के मुख से निकले अपनी तारीफ के शब्द सुनकर मन्दाकिनी ने शर्माते हुए सिर नीचे झुका लिया किन्तु उसी समय किसी महिला का सुरीला स्वर उसके कानों से टकराया, 'हल्लो डियर रंजन तुम यहाँ खड़े क्यों समय नष्ट कर रहे हो। पार्टी जोश में है। आओ पार्टी इंज्वॉय करे।' मन्दाकिनी ने सिर उठा कर सामने देखा तो एक सुन्दर हसीन नवयौवना कम वस्त्रों में आकर सामने खड़ी होते ही रंजन का हाथ पकड़ कर ले जाने लगी, किन्तु रंजन ने उसके हाथ से अपना हाथ छुड़ाते हुए कहा, 'इनसे मिलो यह मेरी पत्नी मन्दाकिनी हैं।' तथा अपनी पत्नी से बोला, 'यह पिंकी है।'

'हाऊ स्वीट यू आर मन्दाकिनी! यू आर ब्यूटी क्वीन बट, योर हसबैन्ड इज़ मच हैण्डसम एण्ड सेक्सी, आई लाइक हिम।' यह कहते हुए पिंकी ने रंजन का हाथ पकड़ कर अपनी ओर खींचते हुए कहा, 'आओ डियर रंजन, हम तुम पार्टी इंज्वॉय करें। इन्हें यही बैठने दो।' पिंकी रंजन का हाथ पकड़ कर काउंटर की ओर ले जाने लगी तो रंजन बोला, 'मन्दाकिनी तुम यहाँ बैठो मैं अभी आया।' और वह पिंकी के साथ गया। सुजीत के चेहरे पर दुख की रेखाएँ झलकने लगी, 'भाभी जी आप सामने चेयर पर बैठिये, वह तो गया। मैं बैरे को आप के पास भेजता हूँ।' दुखी लहजे में सुजीत बोला। उसकी मंगेतर को भी यह बात अच्छी नहीं लगी।

'भइया यह पिंकी कौन है?' मन्दाकिनी ने सुजीत से पूछा, 'पिंकी कैबरे डान्सर है और इधर काफी दिनों से रंजन को इसके चक्कर में देख रहा हूँ।' सुजीत ने बताया। खैर आप बैठिये में बैरे को आप के पास भेजता हूँ। मन्दाकिनी जाकर चेयर पर बैठ गयी। बैरा उसके पास आया कि उसने कुछ खाया पिया नहीं। उसकी दृष्टि रंजन और पिंकी की ओर थी जहाँ वह दोनों ड्रिंक काउण्टर पर खड़े ड्रिंक ले रहे थे। इसके उपरान्त एक-दूसरे की कमर में हाथ डालकर फ्लोर पर डाँस करने लगे जहाँ कुछ और जोड़े डाँस कर रहे थे। वह यह सब देख कर कुढ़ती रही और रंजन पिंकी के साथ मौज मस्ती करता रहा। पार्टी समाप्त हुई तो रंजन और मन्दाकिनी अपने घर चले आये। रास्ते में आपस में कोई बात नहीं हुई। एक आध बार रंजन ने कुछ कहा भी किन्तु मन्दाकिनी चुप रही उसने कोई उत्तर नहीं दिया।

दूसरे दिन प्रात: रंजन को चाय नाश्ता देकर स्कूल पढ़ाने जाने के लिए तैयार होने चली गयी। रंजन नाश्ता कर के अपने ऑफिस चला गया। सायंकाल जब रंजन ऑफिस से घर लौटा और फ्रेश होकर बैठा तब तक मन्दाकिनी ने चाय तथा

नमकीन लाकर टेबल पर रखने के उपरान्त स्वयं भी सामने चेयर पर बैठकर चाय पीने लगी। दोनों चुप थे। चाय की चुस्कियों की आवाज आ रही थी। चाय समाप्त हुई तब मन्दाकिनी का स्वर फूटा, 'पिंकी कौन है? आपका इसके साथ शराब पीकर पार्टी में डाँस करना मुझे अच्छा नहीं लगा। जब आप को किसी अन्य महिला के साथ पार्टी इंज्वॉय करनी थी तो मुझे साथ क्यों ले गये?'

'तुम एक पढ़ी लिखी महिला होते हुए इतने बैकवर्ड विचार रखती हो। यदि मैं पिंकी के साथ इंज्वॉय कर रहा था तो तुम भी अपनी पसन्द के किसी पुरुष के साथ इंज्वॉय कर सकती थीं। मुझे कोई एतराज नहीं होता।' रंजन ने उसकी बात को हवा में लेते हुए कहा।

'बस! मिस्टर रंजन सक्सेना अब आगे कुछ न कहना। मैं और पर पुरुष? मैं आप की पत्नी हूँ। स्त्री जीवन में एक पुरुष चुनती है। पुरुष बदलने वाली स्त्रियाँ कुछ और कहलाती है।' मन्दाकिनी ने क्रोधित होते हुए उत्तर दिया। इसके उपरान्त उन दोनों के बीच कोई बात नहीं हुई। कुछ अरसे बाद मन्दाकिनी ने प्रभात को जन्म दिया। इसके बाद रंजन ने मन्दाकिनी को पार्टियों में ले जाना ही बन्द कर दिया और स्वयं अपना अधिक समय पिंकी के साथ बिताने लगा। अब वह अपने घर कई-कई दिनों तक नहीं आता। मन्दाकिनी परेशान व चिन्तित रहने लगी।। नन्हा प्रभात व स्वयं अकेली घर में डरती किन्तु उसे पता न चलता कि रंजन कहाँ है। और जब किसी दिन रंजन आता तो उसका व्यवहार अच्छा न होता। मन्दाकिनी का वेतन छीन लेता, उसे मारता पीटता गाली देता और चला जाता। वह रोती रह जाती।

एक दिन उसके घर सुजीत आया तो उसने उसे बताया कि रंजन ने पिंकी से कोर्ट मैरेज कर ली है तथा पिंकी उसके बच्चे की माँ बनने वाली है। इसके उपरान्त जब सुजीत आया तो उसने बताया कि पिंकी ने बेटे को जन्म दिया है जिसकी पार्टी रंजन ने उसे भी दी है। इस प्रकार मन्दाकिनी तथा उसके पुत्र प्रभात का जीवन बर्बाद हो गया और वह शहर छोड़कर अपने पुत्र प्रभात को लेकर अपने मौसेरे भाई के समझाने पर दूसरे शहर चली गई। जहां मौसी रहती थी। मौसेरे भाई ने मन्दाकिनी को एक स्कूल में सर्विस दिला दी तथा एक कमरा किराये पर दिला दिया। मन्दाकिनी ने प्रभात का नाम इंग्लिश स्कूल में लिखा दिया। इस प्रकार उसने अपना नया जीवन प्रारम्भ किया।

वह अपनी साड़ी के पल्लू से सदैव अपने सिर से लेकर चेहरे को हिजाब की तरह ढके रहती थी। भिखारी को देने के लिये हाथ में सौ रुपये का नोट थामे अपने अन्धकारमय जीवन की अंधेरी व कंटीली बीथियों में भटक रही थी तभी भिखारी का पुनः स्वर सुनायी दिया, 'बीबी जी बहुत भूखा हूँ।' एक झटके के साथ वह अतीत से वर्तमान में आ गिरी और भिखारी से पूछ बैठीं, 'तुम्हारी पत्नी और पुत्र नहीं है क्या?' 'अरे बीबी जी मेरी पत्नी और पुत्र ने ही मुझे मार पीटकर धक्के देकर घर से बाहर निकाल दिया' भिखारी ने बताया। 'तुमने तो कैबरे डान्सर पिंकी से प्रेम विवाह किया था। जो तुम्हें हैण्डसम कहती थी। उससे एक बेटा भी हुआ था। अपनी ब्याहता पत्नी तथा उससे पैदा अपने एक बेटे को छोड़कर तुमने पिंकी से कोर्ट मैरेज की थी।' अधिकारी की माँ ने भिखारी को बताया।

'आपको यह सब कैसे पता चला? आप कौन हैं? आप का स्वर चिर-परिचित जान पड़ रहा है।' भिखारी बौखला गया। 'तुमने अपनी ब्याहता पत्नी और पुत्र के साथ जो जुल्म, अत्याचार किये हैं, ईश्वर ने यह उसकी ही सजा तुमको दी है, जो दर-दर भीख माँग रहे हो।' क्रोधित होते हुए अधिकारी की माँ ने कहा।

'मैंने अपनी पहली पत्नी और पुत्र को बहुत तलाशा किन्तु उनका कहीं पता नहीं चला, सुना था शहर छोड़ कर चली गई। किन्तु आपकी आवाज तो मन्दाकिनी से मिल रही है। आप कौन हैं, जो मेरी जीवन गाथा जानती हैं।'

'जब पिंकी और उससे जन्मे तुम्हारे बेटे ने मारपीट कर धक्के देकर घर से निकाल दिया, तब तुम्हें पहली पत्नी और बेटा याद आया। मिस्टर रंजन सक्सेना! मैं मन्दाकिनी हूँ और वह सामने खड़ा है मेरा बेटा प्रभात जो आई.ए.एस. है और यहाँ का जिलाधिकारी है। जिसे तुम कहते थे कलक्टर बनाना चाहती है, तो उसे ईश्वर ने मेरी और उसकी मेहनत से कलेक्टर ही बना दिया।' अपने चेहरे से साड़ी के पल्लू का हिजाब हटाते हुए मन्दाकिनी ने कहा और हाथ में पकड़ा हुआ सौ रुपये का नोट रंजन के हाथ में थमाते हुए बोली, 'तुम भीख ही माँगो यही तुम्हारे कर्मों की सजा है।' और मुड़कर अपने बेटे प्रभात के निकट चली गयी।

'कौन था माँ जिससे तुम बात कर रही थी।' प्रभात ने पूछा।

'कोई नहीं बेटा, वह भिखारी था जो कई दिनों से भूखा था।' मन्दाकिनी प्रभात से कहती हुई बोली, 'आओ चले बेटे।'

नास्तिक

भीड़-भाड़ वाले नगर के किनारे वाली चौड़ी सड़क पर थोड़ी-थोड़ी दूरी पर चार धर्म स्थल बने थे। पहले मन्दिर फिर मस्जिद इसके बाद गुरुद्वारा तथा निकट ही आगे चर्च बना था। इतने निकट-निकट धर्म स्थलों का बना होना देखकर आभास होना स्वाभाविक है कि इस नगर में साम्प्रदायिक एकता का माहौल है। यहाँ धार्मिक द्वेष तथा लोगों के बीच कटुता नहीं है।

प्रात: का ऐसा समय था जब सभी धर्म स्थलों में इबादत का समय था। मन्दिरों में पूजा अर्चना, मस्जिदों में नमाज़, गुरुद्वारे में अरदास तथा चर्च में प्रेयर में सम्मिलित होने के लिये लोग शीघ्रतापूर्वक तेजी के साथ कदम बढ़ाते पहुँच रहे थे। इस नगर के लोगों के मन मस्तिष्क तथा हृदय में धार्मिक भावनाओं का समुद्र ठाठें मारता है। इस नगर का अत्यन्त धार्मिक वातावरण होने के बावजूद आपसी मेल जोल, दोस्ती, एक दूसरे के घर निश्छल भाव से आना जाना तथा आपस का प्रेम व्यवहार देखकर कह पाना कठिन है कि कौन हिन्दू, कौन मुसलमान है तथा कौन सिख/अथवा कौन ईसाई है ?

प्रात:काल के इस समय में सभी धर्मों के लोगों की भीड़ अपने-अपने धर्म स्थलों की ओर तेजी के साथ बढ़ती हुआ अपने-अपने धर्म स्थलों में प्रवेश कर रही थी। तभी अचानक इन्हीं धर्म स्थलों के सामने से गुजरने वाली चौड़ी सड़क पर धड़ाक का एक स्वर गूँजा। धर्म स्थलों में जाने वाले लोगों ने उधर देखा तो तेज रफ्तार से जाने वाला ट्रक एक साइकिल सवार व्यक्ति को टक्कर मार कर भागता चला गया तथा वह साइकिल सवार व्यक्ति खून में लथपथ पड़ा कराहने लगा। जिसे सभी धर्मों के लोगों ने देखा और यह कहते हुए 'बेचारा! देखो बचता भी है?' अपने-अपने धर्म स्थलों के अन्दर जाते रहे। किसी भी धार्मिक व्यक्ति को शायद यह याद नहीं आया कि जिस ईश्वर, अल्लाह, वाहेगुरु तथा गॉड ने इस सृष्टि का निर्माण किया है, उसने यह भी कहा है कि 'ऐ ईश्वर-अल्लाह के मानने वालो इंसानियत-मानवता तुम्हारा पहला धार्मिक कर्त्तव्य है, जिसमें प्रत्येक मानव को दूसरे मानव के प्रति

संवेदनशील होना चाहिये। दुख-दुख में सहायक होना चाहिये।' किन्तु किसी भी पुजारी, नमाज़ी, अरदासी तथा प्रेयरी ने उस कराहते, रक्त में लथपथ पड़े व्यक्ति के निकट जाने तथा उसे अस्पताल ले जाने की बात नहीं करी। उसी समय मॉर्निंग वॉक पर जाता एक व्यक्ति उस खून से लथपथ पड़े व्यक्ति की कराह सुन कर अपनी वॉक रोक कर तुरंत उसके निकट आया तथा उसने रोड से गुजरती कार के सामने खड़े होकर हाथ के इशारे से उसे रोका और रिक्वेस्ट की कि यदि आप इस जख्मी व्यक्ति को अपनी कार द्वारा अस्पताल पहुँचा दें, तो शायद यह बच जाय, और कार वाले की हाँ पर तुरन्त ही उस व्यक्ति ने उस जख्मी, कराहते व्यक्ति को अपने हाथों पर उठाकर कार की पिछली सीट पर लिटाते हुए स्वयं भी उसके साथ बैठ गया तथा कार अस्पताल की ओर फरटि भरती चली गयी।

उस हताहत व्यक्ति को अस्पताल ले जाने वाले व्यक्ति के विषय में वहाँ खड़े तमाशबीन धर्मात्माओं के बीच चर्चा होने लगी- मन्दिर में जाने वाले लोगों ने कहा, 'वह हिन्दू है।' मस्जिद में जाने वाले लोग बोले, 'वह मुसलमान है।'

गुरुद्वारे में जाने वालों ने कहा, 'वह मोना सिख है।' तथा चर्च में जाने वाले बोले, 'वह ईसाई है' इन सभी लोगों में होती चर्चा को सुनते हुए एक व्यक्ति जो वहाँ से गुजर रहा था। चारों धर्म स्थलों के लोगों की बातें सुन कर वहीं ठहर गया और जोरदार स्वर में चीख कर बोला, 'नहीं! नहीं। नहीं! न वह हिन्दू था। न मुसलमान था! और न वह सिख था। न वह ईसाई था। वह तो नास्तिक था नास्तिक। तुम सब आस्तिक खड़े क्या करते रहे? तमाशा देखते रहे, बेचारा! बेचारा! कह कर उसके मरने की प्रतीक्षा करते रहे? जो कार्य तुम आस्तिकों को करना चाहिये था। वह कार्य उस नास्तिक ने किया, नास्तिक ने।

तमाचा

बुल्लीगुरु अपने घर के आगे चबूतरे पर बिछी चटाई पर सफ़ेद धोती-कुर्ता पहने बैठे बटुआ सामने रखे दोहरा कतर रहे थे। बुल्लीगुरु लम्बे चौड़े- मज़बूत कद काठी के पचास वर्षीय व्यक्तित्व के मालिक थे। जिनकी बड़ी-बड़ी मूंछें तथा कंधों तक झूलते लम्बे सिर के काले सफेद केश उनके दबंग तथा प्रभावशाली व्यक्तित्व की कहानी बयां कर रहे थे। गाँव में अपराधिक शृंखला में लिप्त होने तथा पार्टीबन्दी की दुश्मनी के कारण स्वयं तथा परिवार को सुरक्षित रखने हेतु शहर में आकर बस गये थे। परिवार में वे स्वयं उनकी पत्नी तथा एक बहन व एक बेटी थी। जिनमें उन्होंने बहन का विवाह लखनऊ के एक सम्पन्न परिवार में कर दिया। शिक्षित तथा सम्पन्न परिवार होने के साथ लड़का बैंक मैनेजर था। उनकी बेटी भी अपनी बुआ के घर लखनऊ में रहकर पढ़ाई करने लगी। बुल्लीगुरु ने अपने गाँव की खेती बटाई पर उठा दी थी जिससे साल भर खर्च का गल्ला मिल जाता था तथा इसके अतिरिक्त अनाज बेच लेते थे। खाली समय व्यतीत करने तथा ऊपर से आमदनी हेतु एक फैक्टरी में सिक्योरिटी गार्ड की नौकरी कर ली थी।

मोहल्ले के ही चार नवयुवकों ने आकर बुल्लीगुरु के पाँव छुए तथा नित्य की भाँति उनके निकट ही चबूतरे पर बैठ गये।

'कहौ बच्चा लोगौ! कुछ नौकरी वौकरी क्यार जुगाड़ लगा ? लखनऊ तौ गै रहौ इन्टरव्यू देय खातिर ?' बुल्लीगुरु ने उन लोगों की ओर बिना देखे ही दोहरा कतरते हुए पूछा।

'अरे गुरु कहाँ! अब नौकरी तो मिलना नहीं। फार्म भरने और इंटरव्यू देने से तो कोई लाभ नहीं। अब तो नौकरी वह पाएगा जो पन्द्रह बीस लाख रुपये देने की हैसियत रखता होगा। पापा लोगों को परिवार चलाने में तो पसीने छूट जाते हैं। हर वस्तु तो महंगी है। यहाँ तक कि बिजली का बिल तक चुकाना कठिन हो जाता है। घर वालों ने भी कह दिया है कि इस प्रकार बेकार कब तक घूमोगे, कुछ करो

जाकर। भले ही किसी फैक्टरी में मज़दूरी करो जाकर।' एक युवक ने अपना व सभी साथियों का कष्ट बताया।

'घर वाले जउन कहिन है, तउन ठीक ही तो कहिन है बच्चा! बिना पइसा के जीवन तौ पार हुई नाई सकत है। कछू ना कछू तौ करै ही का परिहय।' बुल्लीगुरु ने दोहरे में कत्था, चूना तथा तम्बाकू मिलाकर फाँकते हुए कहा।

'तो गुरु अब आप ही बताओ कि हम लोग क्या करें?' दूसरे नवयुवक ने बुल्लीगुरु की ओर देखते हुए दीन लहजे में पूछा।

'हम का बताई बच्चा! जब आदमी तोर कौनौ कमाई क्यार जरिया नाई होत है। नौकरिउ क्यार कौनौ जरिया नाई बनत है। बैपार खातिरउ पइसा चहिये होत है। तबही फिर बिबस हुई कै गलत तरीकेन ते पैसा कमावै की राह पर चलत है।' बुल्लीगुरु ने दोहरे की पीक एक ओर थूकते हुए कहा।

'गुरु आप ही हम लोगों को रास्ता बताओ, जिसमें कमाई हो।' उन युवकों में से एक ने गुरु से कहा।

'बच्चा लोगौ हो तुमका का बाताई! हमरे तीर तौ कमाई क्यार बहुतइ फार्मूला हैं। किन्तु वहि कामन खातिर हिम्मत और दिमाग की जरूरत होत है। तउन तुम पंचै करि न पइहउ।' बुल्लीगुरु ने अपनी मूछों पर हाथ फेरते हुए उन नवयुवकों की ओर गौर से देखते कहा।

बुल्लीगुरु की इतनी बात सुनते ही वह चारों नवयुवक एक बारगी गुरु की ओर मुड़ कर बोले, 'गुरु! हिम्मत की बात न करो। हम लोगों में हिम्मत और ताकत दोनों हैं। जो बताओ गुरु, हम लोग वह सब करने के लिये तैयार हैं। कोई भी कैसा भी काम हो जिसमें कमाई हो वह हम लोग करने में पीछे नहीं हटेंगे।'

'ठीक है बच्चा लोगौ कल यही टैम पर आयौ तब पूरी स्कीम बताब।' बुल्लीगुरु ने उन नवयुवकों की ओर देखते हुए कहा।

दूसरे दिन सायंकाल बुल्लीगुरु बाहर चबूतरे पर न बैठ कर अपने बाहरी कमरे में तख़्त पर जिस पर सफ़ेद चादर बिछी थी, टेक लगाये बैठे दोहरा कतर रहे थे। उसी समय उन चारों नवयुवकों ने कमरे में प्रवेश किया तथा बुल्लीगुरु के चरण स्पर्श करके सामने पड़ी कुर्सियों पर बैठ गये। बुल्लीगुरु ने केवल इतना कहा, 'आ गये बच्चा! बैठो।' और शान्तिपूर्वक दोहरा काटते रहे। जब दोहरा कट कर तैयार हो

गया तब उसमें तम्बाकू कत्था चूना मिलाकर फाँकने के उपरान्त वह अपने स्थान से उठे तथा सामने रखी लोहे की सेफ़ खोल कर उससे एक पैकेट निकालकर पुन: अपने पूर्व स्थान पर आकर बैठ गये। वह चारों नवयुवक सन्नाटे में बैठे कौतुहलवश बुल्लीगुरु का मुँह ताक रहे थे, तथा सोच रहे थे कि देखो गुरु धन कमाने का कौन सा फार्मूला बताते हैं।

बुल्लीगुरु ने पैकेट खोल कर उससे तीन रंगों के काले, हरे तथा ऑरेंज कलर के सिर में बाँधने वाले बड़े-बड़े चार रूमाल तथा इन्हीं रंगों के बड़े साइज के जो चेहरे का अधिक भाग ढक सकें माउथ मास्क निकाल कर रखते हुए अपनी सदरी की जेबों से एक कट्टा तथा एक छ: राउण्ड का पिस्टल निकाल कर उन युवकों के सामने रख दिये। इसके उपरान्त वह उन चारों की ओर गौर से देखने लगे जिनके चेहरों पर प्रश्न वाचक रेखाएं उभर आयी थीं। जिन्हें परखते हुए बुल्लीगुरु ने कहा, 'का घबड़ाय गयौ बच्चा! हिम्मत तथा थोड़ी मेहनत से लाखन मा खेली है। जब पइसा गल्ला मा होई तब घर बाहर हर जगह इज्जत होई। घबड़ाओ ना हमहू साथ रहब। जस जस कहन वइस वइस करत रहेओ। तुम लोगन का डरै की जरूरत नाहीं, हम इन कामन के पुराने मास्टर हन, पुलिस का अइसे चक्रव्यूह माँ फाँस देब कि वहू चक्कर काटत रहि जाई और हमार तुम्हार काम हुई जाई, तुम लाखन माँ खेलिहऊ बच्चा। यहि काम अंधेरा होत ही किये जात हैं। महिलाएं अधिक तउर पर कानन माँ सोने क्यार टाप्स, बुन्दा तथा गले माँ सोने क्यार जंजीर पहिन ही कै घर ते निखरती आँय। बस जहाँ सुनसान स्थान होय एक जन मोटर साइकिल चलाओ तथा दूसर पाछे बैठे वाला चैन अथवा बुंदा नोचि के भगि लेओ। बाई पासन पर तुम चारौं तथा हम लागि जाब कबहूँ लखनऊ पास तो कबहूँ रायबरेली रोड पर तौ कबहूँ हरदोई रोड तौ कबहूँ गंगा बैराज मार्ग पर बारी बारी लगै का है। कारै तथा मोटरसाइकिलै रोक भर पाव बस यह असलहा दिखावै की देर है, सब माल तुम्हारे हाथन माँ और जिनके साथ औरतैं होंय उन्हू का इस्तेमाल करौ। मुदा बच्चा यह बात याद राखेव कि कतल नाहीं हुइबे चाही।' बुल्लीगुरु ने चारों नवयुवकों को अपने रंग में ढाल लिया तथा कल अंधेरा होते ही सब साथी लखनऊ बाईपास पर मिलें, यह आदेश दिया। चारों नवयुवकों ने गुरु का फरमान सुन कर हामी भर दी।

इधर नगर में चेन स्नेचिंग, कानों के बुंदे नोचने तथा महिलाओं के पर्स छीने जाने के साथ राहजनी व बलात्कार के मामले काफी बढ़ गये थे। राहजनियाँ स्थान बदल-

बदल कर ताबड़तोड़ हो रही थीं। जब पुलिस ने चौकसी बरती तो इन लोगों ने कार्य ठप कर दिया। बुल्लीगुरु के बन्द कमरे में उन चारों नवयुवकों तथा बुल्लीगुरु ने सप्ताह भर में जो लूट की थी, वह सब रुपया तथा जेवर इकट्ठा किया। जिसमें जेवर तो बुल्लीगुरु तथा एक नवयुवक मोटरसाइकिल से कानपुर जाकर उसी सर्राफ के हाथ बेच आये जहाँ गाँव में रहकर लूट का माल बुल्लीगुरु बेचते थे। इस प्रकार लगभग छ: लाख रुपया इकट्ठा हुआ जिसमें दो लाख रुपया बुल्लीगुरु ने लिया तथा एक-एक लाख रुपया उन चारों नव युवकों के हिस्से में आया। यह गिरोह पुलिस की सक्रियता के कारण पन्द्रह बीस दिन के लिये शान्त होकर चुपचाप अपने स्थान पर स्थिर हो गया। कुछ समय बीतने के उपरान्त जब पुलिस सुस्त होकर बैठ गयी तो इन लोगों ने पुन: अपना कार्य प्रारम्भ कर दिया।

एक दिन रात्रि बुल्लीगुरु अपने चेलों के साथ लखनऊ बाईपास से शहर की ओर आने वाले रोड पर एक सुनसान स्थान पर लगे थे। तभी लखनऊ से कानपुर जाने वाली बस बाईपास पर रुकती दिखी जिससे उतर कर कुछ सवारियाँ बैटरी रिक्शा पर बैठकर आती दिखीं। इस समय नगर की बिजली गुल थी। रोड पर अंधेरे का साम्राज्य था जिसका लाभ उठाते हुए चारों नव-युवकों ने रोड पर बीच में खड़े होकर बैटरी रिक्शा रोकते ही पिस्टल का कट्टा दिखा कर रिक्शा चालक तथा रिक्शा पर बैठी दो महिलाओं व उनके साथी पुरुष को पकड़कर रोड के किनारे खाई में उतार ले गये तथा चारों के मुँह पर टेप चिपकाने के साथ दोनों पुरुषों को एक वृक्ष से बाँध दिया तथा महिलाओं के हाथ पाँव बाँध कर ज़मीन पर गिरा दिया। महिलाओं के जेवर उतार लिये तथा पुरुषों की तलाशी में जितना रुपया निकला वह कब्जे में करने के उपरान्त उन लोगों ने महिलाओं के वस्त्र अस्त व्यस्त कर दिये, तभी बुल्लीगुरु का स्वर सुनाई दिया, 'रुको मैं आ रहा हूँ।'

'आओ गुरु! माल चौकस है। आप ही की सेवा हेतु तैयारी कर दी है।' एक नवयुवक ने बुल्लीगुरु से प्रत्युत्तर में कहा। बुल्लीगुरु आकर जैसे ही उन महिलाओं के निकट पहुँचे कि बिजली आ गयी। स्ट्रीट लाइट के एल.ई.डी. बल्ब चमक उठे तथा वातावरण पर छाया अंधेरा बिजली के प्रकाश से दूर होते ही बुल्लीगुरु अपने स्थान पर ही जड़वत खड़े फटी-फटी आँखों से देखते रह गये, अस्त व्यस्त वस्त्रों में उनके सामने पड़ी उनकी बेटी थी, दूसरी उनकी बहन तथा सामने वृक्ष से बँधा उनका बहनोई था।

कसक

इतवार का दिन, स्कूल में छुट्टी होने के कारण आराम से घर से बाहर निकल कर सामने चौराहे पर आया, जहाँ मेरा मित्र राजू खड़ा मेरी प्रतीक्षा कर रहा था। सामने एक लड़की अपने छोटे भाई का हाथ पकड़े बंगले के आगे लॉन की हरी घास जिस पर ओस के मोती चमक रहे थे नंगे पाँव उस पर टहल रही थी। मेरी नज़र जब उस पर पड़ी तो उसकी पीठ हमारी ओर थी। उसकी चाल में एक अजीब सी मस्ती तथा कमर में लहर सी थी। लॉन के उस छोर पर जाकर जब वह पलट कर इस ओर आने लगी तब देखा कि वह हल्के सांवले रंग की एक आकर्षक लड़की है। उसकी बड़ी-बड़ी हिरनी जैसी आँखों में चुम्बक की भाँति आकर्षण था। ऐसी आँखें जो किसी पत्थर दिल इंसान को भी आकर्षित करने की क्षमता रखती थीं। मेरी नजरें उसकी नजरों से टकरायीं, मैं स्वयं को उसकी झील जैसी आँखों में डूबता सा महसूस करने लगा। उसकी दृष्टि भी मुझ पर टिकी रही। तभी बंगले के अन्दर से किसी महिला की आवाज़ आयी, 'मधु! ओ मधु! आओ नाश्ता तैयार है। साथ में मिन्टू को भी लेती आना।' यह शायद उसकी माँ की आवाज़ थी, किन्तु उसके बुलाने से हम जान गये कि उसका नाम मधु है तथा छोटा भाई मिन्टू है। इसी समय तहसील का एक चपरासी उस बंगले से निकल कर बाहर आया जो हमें जानता था। मैंने उससे पूछा, 'कल तक तो यह बंगला खाली पड़ा था। आज इसमें कौन आ गया?' 'रात ही ट्रांसफर होकर नये नायब तहसीलदार इसमें आये हैं।' उसका उत्तर था।

पहाड़ों से घिरा ऐतिहासिक नगर महोबा प्राकृतिक छटा से भरपूर देखने और रहने योग्य एक सुन्दर नगर है। चन्देल राजाओं की राजधानी महोबा जहाँ चन्देल राजा परिमल की ख्याति थी जिनकी सेना में आल्हा, ऊदन, मलखान, सुलखान तथा ताला सैय्यद जैसे महान् तथा विख्यात योद्धा थे जिनके शौर्य तथा पराक्रम की गाथा से महोबा का इतिहास भरपूर है, तथा कवियों द्वारा जिनके पराक्रम को अपनी कविताओं द्वार धार दी गयी है। जिसे 'आल्हा गायन' के रूप में गाया जाता है। महोबा में एक छोर पर बहुत बड़े क्षेत्र में फैले गोखार पहाड़ के बीच चन्देल राजा का

ध्वस्त किला है। नगर से गोखार पहाड़ तक जाने से पहले एक विशाल झीलनुमा तालाब है जिसे कीरत सागर के नाम से जाना जाता है। किंवदंतियों के अनुसार चन्देल राजा परिमल के पास 'पारस' नामक एक पत्थर था जिससे लोहे को यदि छू दिया जाता तो वह लोहा भी सोना हो जाता था। एक समय में किसी शक्तिशाली राजा द्वारा महोबा राज्य पर आक्रमण कर दिया गया था। उस समय कहीं वह राजा यह पत्थर न छीन कर ले जाय, राजा परिमल द्वारा वह 'पारस' पत्थर कीरत सागर में फेंक दिया गया था। कीरत सागर के निकट ही एक पहाड़ी पर ताला सैय्यद की नौ फुट लम्बी मज़ार है जिन्हें नौगज़ा पीर के नाम से जाना जाता है। इसके अतिरिक्त एक और विशाल तालाब है जिसे मदन सागर कहते हैं। इस विशाल तालाब में बहुत से पत्थर के हाथी खड़े हैं, जिनके विषय में कहा जाता है कि किसी जादूगर ने इन्हें पत्थर बना दिया था। इसी सागर के किनारे पर मनिया देव का मंदिर है तथा निकट ही पत्थर का एक ऊँचा स्तम्भ है। जिसके ऊपर एक दीपक रखा है। वहाँ के लोगों का कथन है कि राजतन्त्र में यह स्तम्भ इतना ऊँचा था कि इस दीपक के जलने से सम्पूर्ण महोबा में प्रकाश होता था, किन्तु वहाँ के लोगों के अनुसार यह स्तम्भ प्रतिवर्ष चावल भर धरती में धंस जाता है और जब यह स्तम्भ पूरा ही धरती में समा जायेगा तो प्रलय होगा। महोबा के चौक बाज़ार में घोड़े पर सवार हाथ में तलवार लिये योद्धा ऊदन की पत्थर की लाट लगी है।

महोबा में थाना तथा तहसील की इमारतें एक साथ मिली हुई बनी हैं। मेरे पिताजी की पोस्टिंग थाना महोबा में थी। जहाँ मैं डी.ए.वी. इण्टर कालेज का छात्र था। मेरी आँखों से प्रवेश कर मेरे मानस पटल पर उस मधु नाम की लड़की की छवि की तस्वीर छप कर रह गयी। मैं रोजाना स्कूल जाने के लिये तैयार होकर थाने के सामने चौराहे पर आकर खड़ा हो जाता, जहाँ उसका बंगला था। उसी समय गर्ल्स कालेज का पर्दे पड़ा ताँगा आकर उसके निवास के सामने रुक जाता और वह घर से निकलकर मेरी ओर देखती हुई जाकर ताँगे में बैठ जाती। मैं उसे देखता रहता और तभी कोचवान ताँगे में मचे ऊँचे घोड़े को चाबुक मार कर दौड़ता। वह पर्दा हटा कर चलते समय एक बार अवश्य देखती। फिर घोड़े की टापों की खट-पट के साथ ताँगा आँखों से ओझल हो जाता। मैं भी प्रसन्न मुद्रा में अपने स्कूल की ओर पैदल चल देता। एक-दूसरे को देख कर मुस्कुराने का क्रम काफी दिनों तक चलने के उपरान्त एक दिन प्रातः जब मैं चौराहे पर पहुँचा तो देखा वह बंगला खाली हो चुका था। उसके गेट पर बड़ा सा ताला लटक रहा था। शायद यह कार्य रात्रि के

समय हुआ होगा। मैं विचलित रहने लगा। समझ में नहीं आ रहा था कि वह सब कहाँ चले गये?

एक दिन में थाने के अन्दर के रास्ते से तहसील तक टहलता चला गया। वहाँ उसी चपरासी से भेंट हो गयी। मैंने उससे पूछा, 'क्या वह नायब तहसीलदार साहब का ट्रांसफर हो गया?'

'नहीं तो! उनका प्रमोशन हो गया है। अब वह तहसीलदार हो गये हैं। इसीलिये अब वह तहसील के अन्दर तहसीलदार साहब वाले बंगले में शिफ्ट हो गये हैं।' चपरासी ने बताया और मैं मन ही मन में प्रसन्न होता हुआ वापस अपने घर आ गया।

एक छुट्टी के दिन मेरे मित्रों ने गोखार पहाड़ पर पिकनिक मनाने का प्रोग्राम बनाया। हम सभी साथी अपने-अपने घरों से खाने पीने का सामान बनवाकर अपने साथ लेकर गोखार पहाड़ पहुँच गये। गोखार पहाड़ के बीच में एक बहुत बड़ा मैदान है जिसकी लम्बाई अधिक तथा चौड़ाई कम है। एक ओर आने का समतल रास्ता तथा तीनों ओर ऊँची पहाड़ी श्रृंखला है। एक ओर चंदेल राजा का ध्वस्त किला तथा इसके सामने दूसरी ओर ऊँची पहाड़ी का खतरनाक-स्थिति में खड़ी ऊँची विशाल चट्टान है, जिसे उजाली चुल के नाम से जाना जाता है। सामने झाड़ियों तथा वृक्षों से ढंका चन्देल राजा का किला जो ध्वस्त होने के उपरान्त भी ऊँचाई पर बना मुख्य गेट आज भी वैसा ही खड़ा है। जिसके अन्दर प्रवेश करने पर दाहिनी ओर पहाड़ी को काट कर एक सुरंग है जो आगे चल कर पहाड़ के ऊपर जाने के लिये ज़ीने में बदल गयी है। गोखार के मैदान में एक कुआँ है जिसका पानी ऊपर तक भरा है तथा देखने से दूधिया किन्तु हाथ के चुल्लू में लेने पर पानी जैसा है।

उजाली चुल की खतरनाक चढ़ायी चढ़कर हम सभी साथी उसकी चोटी पर जाकर बैठ गये, जहाँ से आधा महोबा दिखायी दे रहा था। बड़ा मनोरम दृश्य था प्रकृति का चारों ओर। जिसे देख कर हम लोग आनन्द ले रहे थे, तभी तीन चार टीचरों के घेरे में स्कूली लड़कियाँ लाइन बना कर चलती हुई गोखार के मैदान से होकर किले के गेट की ओर बढ़ती दिखायी दी। वह लड़कियाँ किले के गेट के अन्दर प्रवेश करके दाहिनी ओर अंधेरी सुरंग में प्रवेश कर गयीं। तभी मैंने देखा कि उस काली पहाड़ी पर जहाँ सुरंग की सीढ़ियाँ निकलती थीं। सफेद ड्रेस में एक लड़की ऊपर निकलती चली आ रही थी, जिस प्रकार धरती का सफेद फूल निकलता है। वह लड़की उस काली पहाड़ी पर जनवरी की नर्म धूप में जर्क वर्क

सफ़ेद पोशाक में खड़ी दूर से अत्यन्त आकर्षक दिखाई पड़ रही थी। जब वह हम लोगों की ओर मुड़ी तो मैंने उसे पहचान लिया, वह तो मधु है। हम लोग उजाली चुल की चट्टान वाली पहाड़ी की चोटी पर खड़े उसी ओर देख रहे थे। उसने भी हमें पहचान लिया होगा, तभी तो वह भी वहीं पर ठहर कर हमारी ओर देखने लगी। मैंने अपने हाथ में पकड़ा हुआ रुमाल उसकी ओर हवा में लहराया तो उत्तर में उसने भी अपने सफेद दुपट्टे का आँचल हवा में लहरा दिया, किन्तु तभी सीढ़ियों से ऊपर आती उसकी साथी लड़कियों का वह झुंड पहाड़ी पर इधर-उधर घूम कर प्राकृतिक दृश्यों का आनन्द लेने लगा। हम लोगों का भी दिन पिकनिक की मौज मस्ती में बीत गया। दिन ढलते ही लड़कियाँ अपनी टीचरों के घेरे में कैदियों की भाँति पहाड़ी से उतर कर लाइन बना कर जाने लगी। गोखार से निकलने का एक ही मार्ग था। अत: हम लोग भी उसी रास्ते पर चल दिये जिधर से लड़कियाँ बाहर जा रही थीं। मधु ने कई बार मेरी ओर देखा। मेरी उसकी नजरें टकरायीं किन्तु हम दोनों की नजरों के टकराव से जो बिजली कौंधती वह सामाजिक नियमों के बन्धनों में दब कर रह जाती। इन्हीं नियमों में बंधे हम दोनों मायूस होकर रह जाते।

थाने के सामने डाक बंगले तक जाने के लिये सीधा रोड गया है। रोड के दोनों पहाड़ तथा जंगल जलेबी, महुए तथा आम के ऊँचे-ऊँचे वृक्ष खड़े है। डाक बंगले की बड़ी फील्ड पर डी.ए.वी. कॉलेज की सीनियर हॉकी टीम के लड़के हॉकी प्रैक्टिस के लिये जाते थे। स्कूल से छुट्टी होने के उपरान्त मैं भी सायं स्पोर्ट्स ड्रेस में हॉकी लेकर डाक बंगले प्रैक्टिस हेतु जाता था। हमारा क्वार्टर थाने से बाहर तहसीलदार के बंगले के सामने था किन्तु हम दोनों के निवासों के बीच से शहर का मेन रोड गुजरता था। मैं खेल के मैदान जाने के लिये हाकी लेकर रोजाना उसके गेट के निकट से गुजरता जहाँ अधिकांशत: मधु गेट पर हाथ रखे खड़ी मिलती किन्तु मिन्टू भी उसके साथ होता जिसके डर से न ही वह कुछ कह पाती और न ही मैं कुछ बोल पाता।

एक दिन में तहसील की पिछवाड़े की बाउण्ड्री के निकट से गुजर रह था। उसी समय बाउण्ड्री के पीछे वाले गेट के सामने वाले मकान से वह निकली। इस वक्त वह अकेली थी और मैं सामने था। मुझे देखकर वह ठहर गयी, मैं भी रुक गया। दोनों एकाँत में आमने-सामने खड़े थे। उसके अधरों पर मुस्कुराहट खेलने लगी, मैं भी मुस्कुराया। हम दोनों की नजरें आपस में टकराकर एक-दूसरे में समा जाना चाहती

थीं। उसके अधर कुछ कहने को थरथराये, मैंने भी कुछ कहने को अपना मुख खोलना चाहा, इसी समय उसी मकान से जिससे वह निकल कर आयी थी उसकी सहेली हाथ में एक किताब लिये दौड़ती हुई आयी और बोली, 'अरे मधु यह पुस्तक तो तुम मेरे घर पर ही भूल आयी। रात में परीक्षा की तैयारी कैसे करोगी।' इतना कह कर पुस्तक मधु के हाथ में थमाती हुई मुझे देखकर बोली, 'यह लड़का कौन है?' मैं आगे बढ़ गया। 'क्या तेरे साथ इसका कुछ है?' सहेली ने पूछा। मैं धीमे-धीमे कदमों से आगे बढ़ रहा था। सहेली का प्रश्न भी मैंने सुन लिया। पलट कर देखा तो मधु अपनी सहेली के गाल पर हल्की चपत लगाती हुई हँस कर अपनी बाउण्ड्री के गेट के अन्दर चली गयी। और सहेली उसी स्थान पर खड़ी कभी उसे जाता हुआ देखती, तो कभी मुझे जाता हुआ देखती रही।

मकुन्दी के पिता नहीं थे केवल माँ थी। पहले वह हमारे घर नौकरी करता था। बीच में काफी दिनों के लिये अपने मामा के घर चला गया और जब वहाँ से वापस लौटा तो किसी ने तहसीलदार साहब के घर उसे नौकरी पर रखवा दिया किन्तु जब कभी भी उसे समय मिलता तो वह हमारे पास आकर बैठता और मीठी-मीठी बातें करता। मैंने उससे मधु के विषय में पूछा! तो वह कहने लगा, 'मधु के पिताजी बहुत सख्त हैं। इसीलिये उसकी माताजी उसे कड़ी निगरानी में रखती हैं तथा घर से बाहर जाने पर मिन्टू को साथ लगा देती हैं।'

'यार मकुन्दी मैं मधु से मिलना चाहता हूँ। बातें करना चाहता हूँ। पता नहीं वह भी मुझसे मिलना तथा बात करना पसन्द भी करती है? अथवा केवल मैं ही उसकी ओर आकर्षित हूँ?' मैंने मकुन्दी से मित्रभाव से कहा। 'मैं उससे घुमा फिरा कर तुम्हारे विषय में उसके विचार पूछ कर बताऊँगा।' मकुन्दी इतनी बात कहने के उपरान्त खड़ा होते-होते बोला, 'अच्छा! अब चलते हैं। बीबी जी इन्तजार कर रही होंगी। कुछ घर का काम भी निबटाना है। बाज़ार से सब्ज़ी भी लाने को कह रहीं थीं।'

दूसरे दिन स्कूल गया तो ज्ञात हुआ कि नगर में हाकी टूर्नामेंट होने जा रहा है जिसमें हमारे डी.ए.वी. कालेज की सीनियर टीम एन्ट्री ले रही है। नगर के प्रताप क्लब द्वारा हम जूनियर लड़कों को लेकर 'प्रताप क्लब जूनियर हाकी टीम' तैयार कर ली गयी तथा अपने क्लब के नाम से सीनियर तथा जूनियर दोनों टीमें टूर्नामेंट में इण्टर करवा दी! जूनियर टीम का मुझे कैप्टन चुना गया। हाकी टूर्नामेन्ट की

खबर से महोबा के लोगों में देखने योग्य उत्साह था। टूर्नामेन्ट प्रारम्भ हो गया। टूर्नामेन्ट ग्राउण्ड में गर्ल्स कालेज की लड़कियों के लिये अलग ही दर्शक दीर्घा बनायी गयी थी।

हमारी हाकी टीम प्रताप क्लब जूनियर के नाम से टूर्नामेन्ट में इण्टर हुई थी तथा हमारा मैच जूनियर रेलवे टीम से होना था। वह समय भी आ गया जब हमारा मैच रेलवे जूनियर टीम से शुरू हो गया। टीम में मैं राइट इन की पोजीशन से खेलता था। खेल आरम्भ हुए पन्द्रह मिनट ही बीते होंगे तभी राइट आउट प्लेयर ने बाल का पास दिया और मैंने पहला गोल रेलवे की जूनियर पर मार दिया। दर्शकों की ओर से बक-अब-बक-अब की आवाज़ें आने लगीं। इन्हीं आवाज़ों के बीच जलतरंग सा कानों में रस घोल देने वाला आकर्षक स्वर कानों से टकराया- वेलडन- वेलडन! मैंने पलट कर देखा तो लड़कियों की दीर्घा से मधु अपने स्थान पर खड़ी होकर हाथ हवा में हिला कर- वेलडन- वेलडन चिल्लाई थी। मेरा ध्यान उसकी ओर बंटते ही रेलवे जूनियर टीम ने मेरी टीम पर एक गोल मार दिया। अब दोनों का पलड़ा बराबर था। इंटरवल हुआ। दोनों टीमों ने साइड बदली और पुन: खेल प्रारम्भ हो गया। दोनों टीमों में काँटे की टक्कर थी, किन्तु मैच समाप्त होने के कुछ क्षण पूर्व मुझे अवसर मिल गया और मैंने रेलवे जूनियर टीम पर पुन: गोल मार दिया और उसी समय रैफरी द्वारा खेल समाप्ति की लम्बी विशिल बजा दी गयी। हमारी टीम एक गोल से विजयी घोषित हुई। इसी के साथ पुन: मधु की आवाज़ वातावरण में रस घोल गयी- बक-अब-बक-अब! इस बार भी मैंने उस ओर देखा वह खड़ी होकर हाथ हिला कर तारीफ कर रही थी। मैच समाप्त हो जाने के उपरान्त टीम ग्राउण्ड से बाहर जाने लगी। हम लोग लड़कियों की गैलरी के निकट से गुजरने लगे तो लड़कियों के बीच से आवाज आयी, 'देख मधु! तेरा हीरो आ रहा है।' मैंने उस ओर नज़र उठायी तो मधु सामने लड़कियों के बीच खड़ी थी। वह मुझे अपलक देख रही थी और मैं उसे निहार रहा था। मेरे कदम थम गये। हम दोनों की नजरें टकरायीं। मैंने उसे अपनी आँखों में समेट लेना चाहा। आँखों से आँखें मूक भाषा में बहुत कुछ कह देना चाहती थीं। तभी पीछे से मेरे एक साथी ने मेरी पीठ पर हाथ की थपकी देते हुए कहा, 'चलो यार! आगे बढ़ो, क्या लड़कियाँ देखकर रुक गये।' ऐसे वातावरण में न मैं ही कुछ कह पाने में समर्थ था। तथा वह भी अपनी सहेलियों के बीच असहाय और असमर्थ चुप चाप खड़ी रह गयी। और मैं आगे बढ़ गया अपने साथियों के साथ।

टूर्नामेन्ट समाप्त होने के उपरान्त मकुन्दी एक प्लास्टिक का डिब्बा लेकर मेरे पास आया। मैंने उससे पूछा, 'भाई मकुन्दी! इतने दिन कहाँ रहे? मिले नहीं।'

'तुम तो टूर्नामेन्ट में बिजी थे, इसीलिये मुलाकात नहीं हो सकी।' इतना कहते हुए उसने प्लास्टिक का डिब्बा मेरे हाथ में थम दिया।

'अरे! यह क्या है?' मैंने पूछा।

'यह तुम्हारे प्रश्न का उत्तर है। जो तुमने अपने प्रति लगाव के विषय में मुझसे पुछवाया था।' मकुन्दी ने मुस्कुराते हुए बताया। मैंने डिब्बा खोला तो उसमें देसी घी के चार लड्डू थे तथा लड्डुओं के ऊपर गुलाब की अधखिली कली रखी थी साथ में थी कागज की एक स्लिप जिस पर लिखा था- 'यह कली मुरझाने न पाये।'

मैंने मकुन्दी से पूछा 'यह सब क्या है?'

'पहले मुँह तो मीठा करो। यह तुम्हारे उस प्रश्न का उत्तर है, जो तुमने मेरे द्वारा पुछवाया था। उनके घर गणेश पूजा थी, लड्डू उसके हैं।' मकुन्दी ने मुस्कुराते हुए बताया। मधु द्वारा दिये गये इस साहित्यिक उत्तर से मेरा मन गुलाब की सुगन्ध सा महक उठा। मैंने वह गुलाब की कली तथा वह स्लिप दिन, दिनाँक तथा सन् नोट कर के अपनी डायरी के पन्ने में सजा कर रख ली। मकुन्दी पुनः मधु के घर काम पर चला गया, और मैं बार-बार परची को पढ़ता तथा कली को देखता मधु की यादों में खोता चला गया।

दूसरे दिन मैं तहसील के पिछले गेट के निकट से गुजरा तो वह गेट थामें खड़ी थी। मुझे देखकर उसके अधरों पर मुस्कुराहट खेलने लगी। मैं भी मुस्कुराता हुआ उसकी ओर बढ़ने लगा। मैंने सोचा कि आज दिल खोल कर बातें होंगी। इस सुनसान वातावरण में हृदय के उद्गार निकलेंगे तथा हम दोनों इसी सन्नाटे-स्थान पर मिला करेंगे। मैं उसके निकट पहुँचा ही था कि उसकी माँ का स्वर सुनायी दिया- 'मधु! ओ मधु! कहाँ चली गयी?' और हम दोनों के अधरों की मुस्कुराहट उदासी में बदल गयी।

'आयी माँ!' कहती हुई वह तुरन्त ही अपने घर की ओर चली गयी। मैं निराशा के सागर में डूबता आगे बढ़ गया। शायद यही विधि का विधान था जो मिलते तो थे किन्तु बात नहीं हो पाती थी।

मकुन्दी ने आकर बताया, 'चरखारी स्टेट में बहुत बड़ा मेला हर वर्ष की भाँति लगने वाला है। तहसील स्टाफ ड्यूटी पर वहाँ जायेगा। तहसीलदार साहब भी अपना परिवार साथ लेकर जाएंगे। महोबा थाने की पुलिस भी ड्यूटी पर चरखारी मेला जाएगी। अपने पापा के साथ तुम भी मेला देखने चलो न! हो सकता है भीड़भाड़ में मेला घूमने के दौरान तुम्हारी मधु से मुलाकात तथा कुछ बात करने का अवसर ही मिल जाय।'

मैंने घर आकर पापा से चरखारी मेला देखने की इच्छा व्यक्त की तो वह मुझे साथ ले जाने के लिये राजी हो गये। हमारे थाने की फोर्स मेला ड्यूटी में जाएगी। फोर्स के कई लोगों के बच्चे मेला देखने जाएंगे। तुम भी चलना। चरखारी स्टेट में यह बहुत बड़ा मेला लगता है। प्रतिवर्ष यहाँ सर्कस, काला जादू सफ़ेद जादू, टूरिंग टाकीज इस प्रकार बहुत से मनोरंजन की व्यवस्था होती है।

चरखारी एक राजा का रजवाड़ा है, जो एक सम्पन्न बड़ा कस्बा है। हम लोग पुलिस जीप द्वारा चरखारी मेला पहुँच गये तथा पुलिस कैम्प में ठहरा दिये गये। निकट ही तहसील के कैम्प लगे थे जिनमें तहसीलदार का कैम्प अलग लगा था जिसमें उनका परिवार ठहरा हुआ था। हम लोगों को मेला घुमाने के लिये दो सिपाही साथ कर दिये गये। हम लोग सर्कस देखने पहुँचे तो देखा वहाँ पहले से ही मधु उसकी माता जी, मिन्टू तथा मकुन्दी सीटों पर बैठे थे। मधु के निकट की खाली सीट पर जाकर बैठ गया तथा मेरे साथ के लड़के मेरे निकट की सीटों पर बैठ गये किन्तु तभी मधु की माताजी ने मधु को मेरे निकट सीट से हटा कर अपनी दाहिनी ओर की सीट पर बैठाते हुए मकुन्दी को मेरे निकट बैठा दिया। यहाँ भी उसकी माँ आड़े आ गयी और हम दोनों के बीच कोई बात न हो सकी। मेला घूमते समय कई बार में और मधु एक-दूसरे के निकट से गुजरते समय सामना हुआ हम दोनों कुछ ठहरे भी किन्तु मिन्टू बीच में आ जाता और हम निराशा के समुद्र में डूबते आगे बढ़ जाते। खिलौनों की एक बड़ी दुकान पर खिलौने, मूर्तियाँ तथा प्लास्टर आफ पेरिस से बनाया हुआ 'हृदय' बेस पर सेट करके रखा दिखा। मैंने उसे खरीद लिया जिसे दुकानदार ने डिब्बे में पैक कर दिया। मेला देख कर हम लोग पुलिस जीप से महोबा वापस लौट आये।

मकुन्दी ने आकर बताया, 'कल मधु की बर्थडे है। घर में ही फंक्शन मनाया जायगा।'

'मेरा एक काम कर दोगे मकुन्दी ? मैं तुम्हारा एहसान जीवन भर मानूँगा।'

'क्या काम है ? तुम्हारे लिये तो जान हाजिर है।'

'मुझे तुम्हारी जान नहीं ! तुम चाहिये। काम यह है कि मेरी ओर से बर्थडे गिफ्ट मधु को पहुँचाना है। यह कार्य तुम्हारे अतिरिक्त कोई दूसरा कर भी नहीं सकता।' मैंने उससे अपनी बात कही।

'कल सायंकाल बर्थडे कार्यक्रम होगा। तुम मुझे कल दोपहर में अपना गिफ्ट दे देना। दोपहर में मालकिन भोजन के बाद अपने कमरे में जाकर आराम करती है, मिन्टू भी उन्हीं के पास होता है। मधु उस समय अपने कमरे में अकेली होती है। उसी समय तुम्हारा गिफ्ट जाकर मधु को दूँगा। मैंने उस प्लास्टर आफ पेरिस से बने 'हृदय' के बेस स्टैण्ड पर स्लिप चिपका कर तीन पंक्तियाँ लिख दी थी। ऊपर की पंक्ति में लिखा था 'यह मेरा दिल है !' बीच की पंक्ति में 'इसे संभालकर रखना !' तथा नीचे पंक्ति में लिखा 'कहीं धड़कने न थम-जायें !' गिफ्ट देते समय मैंने मकुन्दी को समझा दिया था कि यदि घर वाले इस गिफ्ट के विषय में पूछें तो सहेली द्वारा भेंट किया हुआ गिफ्ट बता दे।

मकुन्दी ने वापस आकर बताया कि मधु तुम्हारा भेजा हुआ गिफ्ट देखकर बहुत प्रसन्न होकर बोली, 'मेरे लिये इससे अच्छा, कीमती तथा प्रिय गिफ्ट दूसरा हो ही नहीं सकता। इस गिफ्ट को तो मैं संभाल कर जीवन भर अपने पास रखूंगी। इस पर लिखी यह तीन पंक्तियाँ तो उपन्यास लेखक द्वारा लिखी जान पड़ती हैं। क्या साहित्य लेखन में भी उनकी रुचि है ?' मैंने हामी भर दी। मकुन्दी रस ले लेकर मुझे बता रहा था। और मेरा हृदय प्रसन्नता से गदगद हुआ जा रहा था। दूसरे दिन मकुन्दी ने पुनः मुझे एक प्लास्टिक का डिब्बा लाकर थमा दिया। मैंने पूछा, 'इसमें क्या है ?' उसने उत्तर दिया, 'खोल कर देख लो न !' मैंने वह डिब्बा खोला तो उसमें बर्थडे केक था। साथ में एक पर्ची थी जिस पर सुन्दर हैण्डराइटिंग में लिखा था, 'जब दो दिल एक दूसरे की ओर बढ़ते हैं तो दोनों की धड़कने बढ़ने लगती हैं, किन्तु जब दोनों सिमट कर एक हो जाते हैं तो धड़कने भी एक साथ धड़कने लगती हैं।' मैंने यह पर्ची भी डायरी के उसी पन्ने में जहाँ गुलाब की कली रखी थी उसी स्थान पर चस्पा कर दी।

दूसरे दिन में तहसील के पिछले गेट पर उसे लॉन में टहलते देखकर रुक गया। उसने जब मुझे गेट पर खड़ा देखा तो वह मुस्कुराती हुई रुके-रुके कदमों से आहिस्ता-आहिस्ता एक-एक कदम बढ़ाती मेरी ओर आने लगी। ज्यों ज्यों वह मेरे

निकट बढ़ती आ रही थी वैसे-वैसे मेरी धड़कने बढ़ती जा रही थी, कान गर्म होने लगे और जब वह मेरे सामने निकट आकर रुकी तो हम दोनों की नजरें आपस में टकरा कर एक दूसरे में समाने लगीं। मैं उसे अपनी आँखों में समेट कर अपने दिल में छुपा लेना चाहता था। जब कि मैं स्वयं उसकी झील सी आँखों की गहराइयों में डूबता चला जा रहा था। हम दोनों ही जड़वत खड़े एक दूजे को अपलक निहारते रह गये। न ही उसके अधरों से कोई शब्द निकल पा रहा था न ही मेरी जीभ से कोई शब्द निकल पा रहा था। उसी समय उसका छोटा भाई मिन्टू दीदी! दीदी! पुकारता दौड़ता हुआ वहाँ पर आ गया। मिन्टू के वहाँ आ जाने पर मैं आगे बढ़ गया तथा मधु भी थके थके कदम बढ़ाती धीमी गति से अपने भाई का हाथ पकड़े वापस अपने घर की ओर चल दी। एक बार उसने पलट कर मेरी ओर देखा। उसके चेहरे पर उदासी छायी थी, और मैं ठगा ठगा सा खड़ा उसे जाता हुआ देखता रहा गया।

हम दोनों को मिलने के बहुत अवसर मिले किन्तु यह कैसी विडम्बना थी कि जब भी मैं और मधु मिलते तो कभी उसकी सहेली आ जाती, तो कभी मिन्टू अथवा कभी उसकी माँ की उसे बुलाने की आवाज आ जाती तथा हम दोनों ही बिना एक शब्द बोले, मिलने से पूर्व एक दूजे से बिछुड़ जाते। मैं भी अपना दिल थाम कर रह जाता। इसी मायूसी की स्थिति में जब मैं अपने घर पहुँचा तो मानो मेरे ऊपर बादल फट पड़े हों, पहाड़ टूट कर गिर गये हों। मैं हक्का-बक्का रह गया यह सुनकर कि पापा का ट्रान्सफर हमीरपुर हो गया है तथा कल प्रात: ही यहाँ से निकलना है। रात्रि में घर का सब सामान ट्रक पर लद जायगा तथा प्रात: पाँच छ: बजे तक कार द्वारा हमारा परिवार महोबा छोड़ देगा। मुझे इस स्थिति में देख कर मेरी माँ ने मुझ से पूछा, 'क्या बात है? तुम परेशान क्यों हो गये?'

'कोई बात नहीं! वास्तव में मुझे इस पहाड़ों से घिरे नगर में अच्छा लगने लगा है। यहाँ दिल लग गया है। अचानक यहाँ से जाना पड़ रहा है। मित्रों से भी मिलने व बताने का समय नहीं मिल पा रहा है, इसी कारण परेशान हो गया हूँ।' मैंने दबे स्वर में माँ को बताया।

'बेटा तुम्हारे पापा की ट्रान्सफर वाली नौकरी है। एक ही स्थान पर जमकर तो रहा नहीं जा सकता है।' माँ ने मुझे समझाया।

मेरी आँखों से प्रवेश करके हृदय में बसने वाली मधु की छाप इतनी गहरी हो चुकी थी जिसको मिटा पाना अथवा भुलाना असम्भव था। कितना असहाय अनुभव

कर रहा था मैं स्वयं को! कि न मकुन्दी से मिलने का समय जिसके माध्यम से मधु तक यह दु:खद समाचार पहुँचा कर मिलने का कोई रास्ता ही निकाल पाता। यह हमारा ऐसा अनबोला तथा असफल प्रेम था जिसे मैं प्रयास के उपरान्त भी भुला नहीं सकता था, जिस की 'कसक' मेरे मन में ऐसी बैठ गयी जो जीवन भर निकल न सकेगी। मन में यह अरमान ही तड़पते रह गये कि मधु के गुलाब की पंखुड़ी जैसे अधरों से निकले प्रेम से महकते दो शब्द ही सुन लेता तथा मैं भी कभी दो शब्दों में प्यार जता पाया होता, किन्तु प्रकृति को यह स्वीकार नहीं था, तभी तो हम दोनों जब भी निकट आते तब तीसरा बीच में आ जाता और हम दोनों अलग हो जाते। यही था दुर्भाग्य हमारे प्रेम का।

दूसरे दिन प्रात: ही सामान से लदा ट्रक तथा कार पर सवार हमारा परिवार हमीरपुर के लिये रवाना हो गया। इसी प्रकरण के साथ हमारा अनबोला अधूरा प्रेम 'मधु' एक भी बात कर पाने को तरसता, तड़पता महोबा की पहाड़ियों में दम तोड़ कर रह गया। महोबा के पहाड़ों के बीच से गुजरने वाली सड़क पर कार फरटि भरती हमीरपुर की ओर जाने लगी। कार की इस गति के साथ ही मधु की स्मृतियाँ आँखों के सामने झलकने लगीं। हाकी टूर्नामेंट में मेरे द्वारा रेलवे टीम पर गोल मार देने पर गर्ल्स गैलरी से मधु की वह जलतरंग सी मधुर आवाज- वेलडन-वेलडन-बकअब-बकअब आज तक कानों में गूँज रही है। जिस आवाज को निकट से उसके अधरों से सुनने को तरस गया। वह आवाज टूर्नामेंट के दौरान सुन सका किन्तु आज उसकी वह मधुर आवाज पहाड़ियों से टकरा-टकरा कर मेरे कानों में गूंज रही है, जब मैं महोबा छोड़ कर जा रहा हूँ। पहाड़ों का सिलसिला समाप्त होते ही महसूस हुआ कि मधु की वह मधुर आवाज के साथ ही हमारा अछूता, निर्मल तथा अनबोला प्रेम महोबा की पहाड़ियों में ही दम तोड़कर रह गया तथा मैं एक हारे हुए सैनिक की भाँति युद्ध क्षेत्र से बाहर हो गया।

समय कभी एक बिन्दु पर रुकता नहीं-दिन-रात महीने और वर्ष बीतते चले गये। जब कभी वह डायरी मैं खोलता जिसमें गुलाब की अधखिली कली जो मुरझा चुकी थी, वह पर्चियाँ 'यह कली मुरझाने न पाये' तथा 'दो धड़कते दिल जब सिमट कर एक साथ धड़कते हैं, तो धड़कने भी एक हो जाती हैं।' देखकर मधु की स्मृतियाँ जाग्रत हो जाती हैं और उससे बिछुड़ने की 'कसक' से हृदय में एक दर्द सा महसूस होने लगता है।

काल चक्र घूमता रहा और मैं सरकारी नौकरी में ऊँचा पद पा गया। विवाह हुआ बेटियाँ तथा बेटे हो गये। बेटियों के विवाह हो गये। मैं रिटायर हो गया दोनों बेटों ने ग्रेजुएशन कर लिया। छोटा बेटा कम्प्यूटर इंजीनियर हो गया। बड़े बेटे ने मुझ से पूछा, 'पापा! मुझे किस नौकरी में अप्लाई करना चाहिये?' 'बेटा! नौकरियाँ तो बहुत हैं किन्तु मेरी इच्छा है कि तुम देश की सेवा करो तथा सेना में भर्ती हो जाओ। प्रत्येक नागरिक का फर्ज है कि वह देश हित व देश की सुरक्षा में योगदान दे। मैं कल अखबार पढ़ रहा था उसमें एयरफोर्स की वॉन्ट्स निकली हैं। उसमें प्रयास करो।' मैंने अपने बेटे का मार्ग दर्शन करने का प्रयास किया।

'मेरा मित्र विजय है? वह भी एयरफोर्स की बात कर रहा था। कल ही हम दोनों एयरफोर्स का फार्म भर देंगे।' बड़े बेटे अजय ने उत्तर दिया। इधर रिटायरमेंट के बाद से मेरा ब्लड प्रेशर लो रहने लगा था। मेरे दोनों बेटे तथा पत्नी कई बार मुझे नर्सिंगहोम में इलाज के लिये भर्ती करा चुके थे। मेरे बेटे अजय तथा उसके मित्र विजय ने एयरफोर्स कम्पटीशन कम्पटीट कर लिया। अपॉइन्टमेंट लेटर मिलने के उपरान्त दोनों को ट्रेनिंग पर भेज दिया गया। ट्रेनिंग समाप्त कर के वापस आने के कुछ समय उपरान्त पाकिस्तान से 'कारगिल' युद्ध छिड़ गया और वह दोनों वहाँ भेज दिये गये।

पाकिस्तान द्वारा रची गयी इस नापाक साजिश से उसने अपनी सेना को चोरी से कारगिल की सबसे ऊँची पहाड़ी पर चढ़ा दिया। जहाँ पहुँच कर पाक सेना द्वारा बंकर बना लिये तथा पहाड़ी की चोटी से पोजीशन लेकर भारत पर आक्रमण कर दिया। इस अचानक हमले से पहले तो भारतीय सेना का थोड़ा नुकसान हुआ किन्तु तुरन्त ही भारतीय सेना द्वार मुँह तोड़ जवाब दिया गया। भारतीय तोपों के गोलों ने पहाड़ी की चोटी पर पोजीशन लिये हुए पाक सैनिकों की धज्जियाँ उड़ाना प्रारम्भ कर दी। पाक सैनिक ऊँचाई पर होने का लाभ उठा रहे थे। इस स्थिति को देखते हुए भारत द्वारा हवाई हमला कर दिया गया। भारत द्वारा किये गये हवाई हमले की बम वर्षा से उनके बनाये बंकर टूटने लगे तथा पाक सैनिकों की धज्जियाँ हवा में उड़ने लगीं।

मैं प्रात: होते ही टी.वी. का न्यूज चैनल खोलकर बैठ जाता कारगिल युद्ध के समाचार सुनने के लिये। बीच-बीच फोन करके अपने बेटे अजय तथा उसके मित्र विजय की खैरियत लेता रहता। एक दिन टी.वी. पर न्यूज सुन रहा था। बीच ही में

न्यूज एंकर ने बताया कि अजय तथा विजय जांबाज नवयुवक स्क्वाइन लीडरों द्वारा कारगिल पहाड़ी की चोटी पर अपने जहाजों द्वारा भीषण बमबारी करके पाक सैनिकों द्वारा बनाये गये बंकर तोड़ कर पाक सैनिकों की धज्जियाँ उड़ा दी तथा बचे हुए सैनिक पाक की ओर भाग खड़े हुए। भारत ने युद्ध जीत लिया तथा कारगिल पर पुन: कब्जा कर लिया। इसके उपरान्त अजय से फोन पर सम्पर्क न हो पाने के कारण मेरी चिन्ता बढ़ने लगी, ब्लडप्रेशर लो होने लगा। मेरी तबीयत तब अधिक बिगड़ने लगी तो छोटा बेटा जय तथा मेरी पत्नी मुझे लेकर हॉस्पिटल पहुँच गये। जहाँ डॉक्टर ने मुझे एडमिट कर लिया। मेरी स्थिति में कभी सुधार होता तो कभी पुन: बिगड़ जाती। जय ने एयरफोर्स हेडक्वार्टर से फोन द्वार सम्पर्क करके पिता सीरियस हैं बताया। अजय को पिता की स्थिति का पता होते ही उसने अपने अधिकारियों से रिक्वेस्ट करके तीन दिन की छुट्टी ले ली।

अजय के आते ही मेरी आँखें भीग गयी। मेरा बेटा युद्ध क्षेत्र से विजयी होकर सकुशल वापस आकर मुझसे मिल रहा था। मुझे इस बात पर गर्व महसूस हो रहा था कि मेरे बेटे ने अपनी जन्मभूमि भारतवर्ष की विजय में राष्ट्र भक्ति, जाँबाजी, ईमानदारी व लगन के साथ अपना फर्ज निभाया। अजय के मित्र विजय ने अपने घर पहुँचकर अपने पापा-मम्मी से अजय के पापा की बीमारी के विषय में बताया तो वह दोनों भी अजय के पापा की कुशल जानने विजय के साथ हॉस्पिटल जाने के लिये तैयार हो गये। विजय के पापा रिटायर्ड मजिस्ट्रेट थे।

अजय के आने से मेरी स्थिति में बहुत सुधार हो गया था। डॉक्टर ने भी कह दिया था कि अब आप लोग इन्हें घर ले जा सकते हैं। मेरी पत्नी मेरे निकट बैठी थी। अजय कारगिल युद्ध की बातें बता रहा था और मैं शांति पूर्वक प्रसन्न मन से सुन रहा था। जय मेरे डिस्चार्ज पेपर्स बनवाने तथा दवा व परहेज़ की बाबत डॉक्टर के चैम्बर में गया था। इसी बीच विजय के साथ संभ्राँत दिखने वाले पति पत्नी वार्ड के गेट से वार्ड में प्रवेश करते दिखायी दिये। विजय लपकता हुआ तेज कदम बढ़ाता हुआ मेरे बेड के निकट आया, पहले उसने मेरे बाद में मेरी पत्नी के चरण स्पर्श किये, फिर बताया कि मेरी माताजी तथा पिताजी आप को देखने आये हैं। अजय ने आगे बढ़ कर विजय के पापा मम्मी के चरण स्पर्श किये। अजय का विजय के घर जाना आना था इसलिये वह लोग उसे भली भाँति जानते थे व प्यार करते थे। इसी प्रकार हम लोग भी विजय को प्यार करते थे।

मैंने विजय के मम्मी पापा को आते देखा तो उनके अभिवादन हेतु अपने बेड पर ही उठकर बैठने का प्रयास करने लगा किन्तु विजय तथा उसके पापा ने हाथ के इशारे से मुझे उठकर बैठने के लिये मना कर दिया। वह दोनों जब निकट आ गये तो उधर विजय के मम्मी पापा ने और इधर मैंने एक दूसरे का हाथ जोड़कर अभिवादन किया, किन्तु विजय की मम्मी हाथ जोड़े जड़वत खड़ी मुझे अपलक नजरों से देखती रह गयीं तथा इधर मैं भी हाथ जोड़े उन्हें देखकर अपने स्थान पर स्तब्ध रह गया। अचानक इस अप्रत्याशित मुलाकात से मैं कहाँ से कहाँ पहुँच गया। अरे! यह तो 'मधु' है! आयु की यात्रा ने इसके काली घटा जैसे सिर के बालों में चाँदी घोल दी हैं, किन्तु उस महोबा वाली लड़की मधु का कद अब कुछ ऊँचा होने के साथ शरीर भरा हुआ, सुडौल तथा आकर्षक हो गया है। उसकी आँखों में आज भी उतना ही आकर्षण तथा झील जैसी गहराइयाँ है, जिनमें मैं स्वयं को डूबता महसूस करता था। कुछ देर तक जब मैं तथा मधु अपने-अपने स्थानों पर एक ही स्थिति में स्थिर रह कर एक-दूसरे को स्तब्ध रह कर ताकतें रह गये तो विजय में पापा ने मधु के कंधे पर हाथ रखकर हौले से कंधा दबाते हुए पूछा, 'मधु! क्या आप दोनों लोग पहले से एक-दूसरे से परिचित हैं?'

'आँ! नहीं! नहीं तो!' मधु ने चौंकते हुए स्वयं को संयत करते हुए गंभीरता के साथ अपने पति के प्रश्न का उत्तर दिया। इसी बीच अजय ने दो स्टूल लाकर अपने पापा के बेड के निकट डालते हुए कहा 'बैठिये आप लोग।' विजय के पापा मेरे स्वास्थ्य के विषय में मुझसे पूछते रहे। इसके उपरान्त हम दोनों के बीच अजय तथा विजय की कारगिल युद्ध में सफलता पर चर्चा होती रही। अजय तथा विजय निकट खड़े थे। तभी मेरा छोटा बेटा जय डॉक्टर के चैम्बर से निकल कर कुछ पेपर्स हाथ में लिये वहाँ आ गया। यहाँ आकर जब उसने विजय के मम्मी पापा को बैठे देखा तो उसने तुरन्त ही आगे बढ़कर उन दोनों के चरण स्पर्श किये। और मेरी ओर मुड़कर बोला, 'पापा! आप को डॉक्टर ने हॉस्पिटल से छुट्टी दे दी है, और कहा है कि आप बिल्कुल स्वस्थ हैं। अब अपने घर जा सकते हैं।' जय की बात सुनकर विजय के पापा ने उठ कर खड़े होते हुए कहा, 'अच्छा भाई साहब अब आप भी प्रसन्नतापूर्वक अपने घर जाइये। आप के स्वस्थ होने की हम लोगों की हार्दिक प्रसन्नता है। अच्छा! फिर मिलेंगे। अब हम लोगों को भी चलने की अनुमति दीजिये।' जितनी देर मधु तथा उसके पति मेरे निकट बैठे रहे। इस अंतराल में मधु स्तब्ध बैठी मुझे ही देखती रही। उसके पति से मेरी बातें होती रही। इस बीच कुछ बोलने के प्रयास में मैंने,

उसके अधरों को थरथराते देखा, किन्तु वह आज भी कुछ बोल पाने में असमर्थ दिखी, तथा मैं भी चाहने पर भी उससे बात न कर सका। मेरे मानस पटल पर महोबा में लड़कपन के वह दृश्य उभर कर याद आने लगे जो मेरे तथा मधु दोनों के संकोची होने के कारण एक-दूसरे के निकट पहुँचने के उपरान्त भी कभी बात न कर सके। कभी उसकी सहेली, कभी मिन्टू तो कभी उसकी माँ की उसे बुलाने की आवाज़ आ जाती और हम दोनों निकट आकर भी दूर हो जाते। न वह कुछ कह पाती, न मैं ही कुछ कह पाता। जब भी हम दोनों मिलते कोई न कोई अवरोध आ जाता और हम दोनों अपने अधरों पर आये शब्दों को वापस घूँट की तरह पीकर अनबोले रह जाते। आज भी उसके पति के कारण हम लोग कोई बात नहीं कर सके। उसके पति ने स्टूल छोड़कर उठकर खड़े होते हुए हाथ जोड़े मैंने भी हाथ जोड़ दिये और मधु भी अपने पति के साथ स्टूल छोड़कर उठते समय मेरी ओर मायूस तथा असहाय दृष्टि से देखते हुए अपने पति के पीछे थके-थके कदम बढ़ाती आहिस्ता-आहिस्ता वार्ड के बाहर जाने वाले गेट की ओर जाने लगी। जब उसके पति वार्ड के गेट से बाहर हो गये तब उसने एक बार पलट कर मेरी ओर देखा था। उसके चेहरे पर उदासी थी। मैं भी उसके दूर जाते कदमों की आवाज़ सुनता रहा और पुनः कुछ बोले उसे अपने आप से दूर जाता देखता रहा। आज पुनः वह मेरे निकट आकर भी बिना कुछ बोले मुझ से दूर हो गयी। इसी समय में बेटे अजय ने मेरा हाथ पकड़ कर कहा, 'पापा! पापा! यह जो मधु आण्टी हैं न! मैंने इनके रूम की अलमारी में प्लास्टर आफ पेरिस से बना एक बड़ा सा 'हृदय' शीशे के फ्रेम में किया हुआ रखा देखा है। उसके नीचे तीन पंक्तियाँ भी लिखी हैं। ऊपर की पंक्ति में लिखा है 'यह मेरा दिल है!' इसके नीचे लिखा है 'इसे संभाल कर रखना!' तथा नीचे पंक्ति में लिखा है 'कहीं धड़कन न थम जायें!' इसके नीचे 'महोबा' लिखा है। पापा आप भी तो महोबा में दादाजी और दीदी जी के साथ रहे हैं! क्या आप मधु आण्टी को जानते हैं?'

'नहीं! महोबा बहुत बड़ा है। कब कौन वहाँ रहा, सभी लोग तो सब को जान नहीं सकते हैं।' मैंने अजय के प्रश्न का उत्तर देते हुए कहा, 'चलो अब अपने घर चलें।' मेरे दोनों बेटों ने सहारा देकर मुझे बेड से उठाकर खड़ा किया, और सहारा देते हुए वार्ड से बाहर लाकर पोर्च में खड़ी अपनी कार की पिछली सीट पर बीच में मुझे बैठकर बड़ा बेटा तथा पत्नी मेरे दाहिने बायें सीट पर बैठ गये तथा जय ने ड्राइविंग सीट संभाली और गाड़ी घर की ओर जाने वाली सड़क पर दौड़ने लगी। मैं कार की

सीट पर पीछे टिका अधलेटा सा बैठा रहा। मैंने आँखें बन्द कर लीं और विचार तन्द्रा में खोता चला गया। कार की तेज गति के साथ ही महोबा का मेरा अतीत मेरी मानस पटल पर छाता चला गया। जिसमें 'मधु' की स्मृतियों की श्रृंखला चलचित्र की भाँति उभर-उभर कर आने लगी। जिसमें नजरों के प्रथम टकराव से लेकर अनबोले प्रेम का प्रत्येक दृश्य उजागर होता चला गया और पापा के ट्राँसफर के साथ ही यह अधूरी अनबोली प्रेम कहानी जिस पर एक घाव, दिल में दर्द तथा मन में सदैव के लिये एक 'कसक' छोड़कर समाप्त हो गयी। मैंने कभी सोचा भी नहीं था कि कभी ऐसा भी हो सकता है कि 'मधु' से कभी मुलाकात भी हो सकती है? विद्वानों को कहते सुना था कि पृथ्वी गोल है। यहाँ का प्रत्येक रास्ता कहीं न कहीं पर दूसरे रास्ते से जाकर मिलता है। प्रत्येक रास्ते पर मोड़ आते हैं। इसी प्रकार मनुष्य जीवन के रास्ते में भी मोड़ आते हैं। किस मोड़ पर कौन बिछड़ा हुआ मिल जाय यह कोई नहीं जानता भविष्य के गर्भ में क्या छुपा है कोई नहीं जानता। यह ईश्वर का चमत्कार ही तो है जो जीवन के अंतिम पहर में 'मधु' से मुलाकात हो गयी। मैं तो हॉस्पिटल के बेड पर लेटा 'मधु' को अचानक देखकर स्तब्ध ही रह गया और वह मुझे देखकर अपने स्थान पर जड़वत खड़ी अपलक मुझे देखती गयी। किन्तु विडम्बना ने आज भी पीछा नहीं छोड़ा। हम दो अनबोले ही रह गये। मुझसे मिलने के उपरान्त अपने पति के साथ वापस जाते उसके थके थके कदम। गेट से बाहर से पूर्व पलट कर उसका उदास आँखों से मेरी ओर देखना, मेरे मन की 'कसक' में दर्द भर कर महोबा की यादों को उभारता चला गया। मधु की यादें कार की गति के साथ मानस पटल पर छायी रहीं और आँखें बन्द किये मैं उसकी यादों में खोया रहा। तभी कार की रफ्तार धीमी पड़ते हुए एक झटके के साथ रुकते ही मेरी विचार तन्द्रा भंग हो गयी। इसी के साथ मधु की स्मृतियों का अतीत भंग होते ही मैंने वर्तमान में आँखें खोली तो पत्नी ने काँधे पर हौले से हाथ रखते हुए कहा, 'चलिये! घर आ गया है।'

बहुत देर कर दी

मैं इसी रास्ते से रोजाना कालेज जाता था। रास्ते के एक मकान के दरवाजे पर एक तख़्ती टंगी रहती जिस पर लिखा होता 'किराये के लिये मकान खाली है।' मैं उसे पढ़ता आगे बढ़ जाता।

एक दिन उस दरवाजे के सामने से जब गुजरा तो मैं उसी स्थान पर जड़वत खड़ा रह गया। दरवाजा खुला था और एक संगमरमर की मूर्ति सफ़ेद चुस्त स्लैक्स व सफ़ेद कुर्ता पहने चौखट थामें खड़ी थी। उसकी नीली आँखों में एक मैग्नेटिक आकर्षण था। मैं खड़ा उसे सिर से पावों तक निहार रहा था तभी मुझे उसके खुले केशों से पानी की बूँदें टपकती नज़र आयीं, और वह मूर्ति पलकें झपका कर दूसरी ओर देखने लगी। मेरे शरीर में करेन्ट सा झटका लगा और शर्मिंदा होकर आगे बढ़ गया। मन में आया कि उसने सोचा होगा कि कोई लोफर लड़का है।

सफेद स्लैक्स और सफेद कुर्ते से ढका उसका संगमरमरी शरीर, लम्बे सुनहरे केश, संतरे की फाँक जैसे गुलाबी अधर, धनुष समान भौंहें, हिरनी जैसी आँखें जो नीली थीं, खड़ी नाक नक्श, किताबी चेहरा, अजन्ता की तराशी हुई मूर्ति के समान गंभीरता इतनी, जो चौखट थाम कर खड़ी हुई तो अडिग खड़ी ही रही। मेरे उसके सामने खड़े होकर अपलक-उसे निहारने की ढिठायी को, केवल उसने अपनी निगाहें दूसरी ओर फेर कर अवॉइड किया और मैं अपनी गलती पर खिसियाया हुआ उस नवयौवना के विषय में सोचता हुआ चल कर कालेज पहुँच गया।

मैं तो उसे देख कर यही समझ कर उसके निकट रुका था कि शायद इस मकान के मालिक ने दरवाजे पर संगमरमर की मूर्ति लाकर खड़ी की है, किन्तु इतना गज़ब का सौन्दर्य, इतना आकर्षण भी क्या किसी लड़की में हो सकता है? जिसे देख कर संन्यासियों के हाथ की माला छूट जाय, दिलों की धड़कनें रुक जाए, सामने से गुजरता व्यक्ति हतप्रभ रह जाय, युद्ध क्षेत्र में पहुँच जाय तो युद्ध थम जाय। ऐसी ही थी वह अजन्ता की प्रतिमूर्ति लड़की। मेरा मन क्लास में प्रोफेसर द्वारा दिये गये लेक्चर को नहीं सुन सका। मैं तो डूबा रहा उसी लड़की के विचारों में। डायरी सामने

खुली रखी रही जिसके सादे पेज पर हाथ में थामा पेन एक स्थान पर टिक कर रह गया। मैंने न ही लेक्चर सुना न ही नोट किया। केमिस्ट्री लेक्चर समाप्त होने पर मेरे साथी चन्दर ने मेरी डायरी पर दृष्टि डाली तो चौंक कर कहा, 'अरे। तुमने लेक्चर नोट नहीं किया?' तभी बगल में बैठे मेरे दूसरे साथी नसीम ने भी यही प्रश्न किया।

'कुछ तबीयत ठीक नहीं है।', मैंने सुस्त लहजे में उत्तर दिया। बात आयी गयी हो गयी और हम तीनों मित्र लेक्चर रूम से बाहर आ गये।

'आओ चल कर चाय पी जाय'। चन्दर ने कहा, और हम तीनों लोग कालेज गेट के बाहर 'बहेलिया कैण्टीन' में जाकर बैठ गये। चाय आ गयी, हम लोग चाय पीने लगे। चन्दर और नसीम क्लास में हुए लेक्चर मीथेन गैस पर चर्चा करते रहे किन्तु मैं चुप बैठा मॉल्स तथा शोरूम्स में सजायी गयी मूर्तियों की भाँति चौखट पर खड़ी उस-जीवित अजन्ता जैसी मूर्ति के विचारों में खोया रहा। चाय समाप्त हुई हम तीनों मित्र अपने अपने घरों की ओर चल दिये।

दूसरे दिन प्रात: मैं शीघ्र स्नान करके तैयार होकर कालेज के समय से कुछ पहले घर से निकल पड़ा और तेज कदमों से उसी रास्ते पर चल पड़ा किन्तु उसका घर आने से पूर्व मैंने अपनी चाल धीमी कर ली और जब उसका घर निकट आया तो वह उसी प्रकार सफ़ेद लिबास में संगमरमर की मूर्ति की भाँति चौखट थामे खड़ी थी। मैंने अपनी चाल धीमी कर ली और आहिस्ता-आहिस्ता कदम बढ़ाता उसके निकट पहुँचा! मेरी और उसकी निगाहें टकरायीं, कुछ देर ठहरी फिर वह कल की भाँति नजरें झुका कर सामने सड़क की ओर देखने लगी। मैं धीमे कदमों से उसको निहारता आगे बढ़ गया। यह सिलसिला रोज़ का था। मैं उसके दरवाजे से धीमे-धीमे कदम बढ़ाता उसे निहारता आगे बढ़ जाता और वह किसी संगतराश द्वारा तराशी मूर्ति के समान चौखट थामें चुप खड़ी रहती।

एक दिन जब मैं उसके द्वार के निकट पहुँचा तो उसने भरपूर निगाहों से मेरी ओर देखा और उसके अधरों पर मुस्कुराहट नज़र आयी मैं भी मुस्कुराया। मैं तो खिल ही गया। इतने दिनों से किसी भले मानस की भाँति उसे देखते हुए चुप चाप निकल जाने की साधना का प्रतिफल प्राप्त हुआ। मुझे देख कर उसके अधरों पर मुस्कुराहट तो आयी। मैं भी उसके उत्तर में मुस्कुराता हुआ आगे बढ़ गया।

कई दिन एक-दूसरे को देख कर मुस्कुराने का क्रम चलता रहा। मैंने सोचा उसका नाम तो पूछूँ, कुछ बात करूँ-अपनी बात के उत्तर में उसका जलतरंग सा

स्वर संगीत बन कर जब मेरे कानों में पहुंच कर मेरे हृदय में उतर जायेगा तो मैं उसके स्वर संगीत के नशे में झूमने लगूँगा। दूसरे दिन जब उसके निकट पहुँच कर मैं ठहरा और पूछने का प्रयास किया तो मुँह से केवल ...आ...आ....प से आगे एक शब्द भी तो मुँह से न निकल सका। संकोच, दिल की बढ़ती हुई धड़कन- अधर आपस में चिपक गये और मैं कुछ भी न बोल सका। इसी क्षण उसके भी अधर कुछ कहने का थरथराये थे किन्तु वह भी कुछ बोल न सकी और मैं आगे बढ़ गया। मन में कुंठा लिये स्वयं पर खीझता, झल्लाता चला जा रहा था कि मैं इतना संकोची कि एक साधारण सी बात उसका नाम पूछना था। वह भी न पूछ सका। दूसरे-तीसरे दिन भी मेरी यही स्थिति रही।

'इधर कई दिनों से तुम चुप रहने लगे हो। न पढ़ाई में रुचि ले रहे हो और न ही साथ में बैठ कर हंसी मज़ाक और जो तफरीह होती है उसमें ही रुचि लेते हो ? कारण क्या है ? आखिर तुम्हारी समस्या क्या है ? बताओ न!' चन्दर और नसीम ने एक साथ प्रश्न किया।

'सुनना और जानना चाहते हो मेरी प्रॉब्लम! तो सुनो! अजनबी हसीना से मुलाकात हो गयी है परन्तु बात अभी तक नहीं हो पायी। हम दोनों एक दूसरे को निहारते, मुस्कुराते, मन में ढेरों सपने सजाते, धड़कते दिलों के बीच कुछ कह पाने को अधर थरथरा कर रह जाते। इतना संकोच कि न वह कुछ कह पाती न मैं कुछ पूछ पाता हूँ। मैं उसका नाम तक नहीं जान पाया हूँ और न ही वह मेरे विषय में कुछ जानती है। किन्तु मित्रों! उसको देख कर तो व्यक्ति चेतना ही खो बैठेगा। ऐसा महसूस होता है कि ईश्वर ने संगमरमर को बहुत फुर्सत में तराशा होगा उस लड़की का सिर से पाँव तक अंग-अंग पोर-पोर ऐसा गढ़ा है कि साधू संन्यासी भी तपस्या तोड़ कर उसमें लीन हो जाएं।

हम दोनों के बीच मुस्कुराहटों का सिलसिला ऐसा चला जो अभी भी चल रहा है। हिम्मत जुटा रहा हूँ कि उससे कुछ बात कर सकूँ किन्तु साथियों! प्यार के एहसास के यह अनबोले पल, इनके आनन्द की कोई अभिव्यक्ति नहीं हो सकती है।' मैंने अपने दोनों मित्रों को अपने हृदय का राज़ बता दिया।

'कहीं देर न हो जाये ? तुम हिम्मत जुटा कर उसे प्रपोज क्यों नहीं कर देते।' चन्दर ने सलाह दी।

'यह साले कायर बोल भी पाएंगे किसी लड़की से? एक बार यह अपनी छोटी बहन का एडमिशन एक गर्ल्स कालेज में कराने गये थे। जानते हो चन्दर वहाँ क्या हुआ? इन्हें वहाँ लड़कियों ने छेड़ दिया। एक बोली क्या चाल है! दूसरी ने कहा स्मार्ट है और फिर ग्रुप में खड़ी सब लड़कियाँ हँस पड़ीं। यह बेटा कोई उत्तर दिये बिना खिसियाए से चले आये।' उसी समय नसीम ने चन्दर को बताया।

एक दिन हम तीनों साथी आई.टी.कॉलेज चौराहे पर खड़े आपस में कुछ बातचीत कर रहे थे। आई.टी.कॉलेज लड़कियों का बहुत बड़ा उच्च स्तरीय कॉलेज है। हम लोग बातों में व्यस्त थे उसी समय कॉलेज की छुट्टी हो गयी और लड़कियाँ झुंड में गेट से बाहर निकलने लगीं। हम लोगों का ध्यान भी उसी ओर चला गया। उसी समय अचानक मेरी नज़र जिस लड़की पर टिकी, वह वही अजन्ता की मूर्ति के समान चौखट थामें खड़ी मुझे रोजाना जो मिलती है। यह वही लड़की थी। मैंने तुरन्त अपने मित्रों को उसे दिखाया। तभी चन्दर और नसीम दोनों मित्रों ने मुझे धक्का देकर कहा, 'जाओ शीघ्र ही! यहाँ मौका है बात करने का। इस समय अकेली है। जाओ जल्दी।'

मेरे दोनों मित्र उसे देखते ही रह गये और बोले, 'वाह ईश्वर की रचना की तारीफ के शब्द हमारे पास नहीं हैं।' मैं आगे बढ़ा, वह सामने आ रही थी। मैं उसके निकट पहुँच कर ठहर गया। वह भी मुझे देख कर रुक गयी। दोनों के अधरों पर मुस्कुराहट फैल गयी तथा चेहरों पर प्रसन्नता की चमक दौड़ गयी। उसके संगमरमरी चेहरे पर शर्म से गुलाबों की लाली छा गयी। वह कभी मुझे देखती तो कभी शर्मा कर नजरें झुका लेती। मैंने जैसे ही कुछ कहना चाहा कि अचानक उसकी एक क्लासफेलो तीव्र गति से चलकर आयी और उसका हाथ पकड़ कर घसीटती हुई एक ओर ले जाते समय कहने लगी, 'तुम यहाँ नयी आयी हो। इस चौराहे पर रोज़ ही लड़कियों के चक्कर में लोफर लड़के आकर खड़े हो जाते हैं तथा छेड़छाड़ करते हैं। वह तुम से क्या कह रहा था?'

'वह लोफर नहीं है।' उसने गम्भीरता से उत्तर दिया।

'क्या तुम उसे जानती हो?' क्लासफेलो ने प्रश्न किया।

'हाँ! नहीं!' उसने उत्तर दिया।

'अरे वाह! यह क्या बात हुई, हाँ भी, ना भी। मगर एक बात तो है सखी! लड़का जमता है, बिलकुल फिल्मी हीरो किशोर कुमार की ट्रू कापी है। क्या तू उसे पसन्द

करती है, इसीलिये उसके निकट रुक कर कुछ बात करना चाहती थी? यदि ऐसा है! तो मैंने पाप किया है।

दो धड़कते प्रेमी दिलों को मिलने नहीं दिया। हाय! मैं भी कितनी पागल हूँ! जो स्थिति को समझे बिना तेरा हाथ पकड़ कर घसीट लायी और उससे दूर कर दिया।' क्लासफेलो ने सॉरी कहा।

किन्तु उसने क्लासफेलो की बात का उत्तर दिये बिना सामने से आते ऑटो को हाथ देकर रोका और दोनों उसमें बैठ कर चली गयीं।

मैं उसकी क्लासफेलो द्वारा कहा गया 'लोफर' शब्द सुन कर पलट पड़ा और युद्ध में हारे हुए सिपाही की भाँति थका-थका सा आहिस्ता आहिस्ता कदम बढ़ाता चन्दर और नसीम के पास आ गया जो समाने कैंटीन में बैठे चाय पी रहे थे साथ ही मेरी गतिविधियों पर दृष्टि जमाये थे। उन दोनों ने भी देख लिया था कि एक लड़की उसका हाथ पकड़ कर दूसरी ओर ले गयी थी। 'यह कौन चुड़ैल थी। जो बीच में फाँद कर सब भरभंड कर गयी' नसीम ने अपनी हरदोई वाली देसी भाषा में कहा। सब लोग चुप रहे। चन्दर और मैंने अपनी साइकिलें उठाई, चन्दर महानगर अपने घर की ओर चले गये और मैं नसीम को साइकिल के आगे डंडे पर बिठा कर शिया कॉलेज के सामने प्राइवेट हॉस्टल 'काशाना' के सामने उतार कर गोमती नदी के शाही पुल से होता हुआ चौपटिया रोड अपने घर की ओर चल दिया।

मेरे पिता पुलिस ऑफिसर थे जिनकी पोस्टिंग कोतवाली चौक में थी। उनके सम्बन्ध काँग्रेसी नेता के.कुमार सक्सेना से थे जिनकी बिल्डिंग मोहल्ला-सरायमाली खाँ चौपटिया रोड पर थी। उसी बिल्डिंग के एक पोरशन में हम लोग किराये पर रहते थे। वह भी इसी मोहल्ले में इसी रोड पर किराये के मकान में आयी थी। उसके पिता भी किसी सरकारी विभाग में अधिकारी थे। पढ़ाई का सेशन चलता रहा। हम दोनों के दिलों की धड़कने आपस में सिमट कर एक हो जाने की आस में बढ़ती रहीं। मुस्कुराहटों का सिलसिला बढ़ता गया। मिलन की आस-विश्वास में कब बदलेगी इसकी प्रतीक्षा में समय बीतने लगा। तभी सर्दियों का मौसम आ गया और सरकार द्वारा सभी कॉलेजों में खेले गये सलेक्टेड नाटकों को प्रस्तुत करने हेतु स्टेडियम में कल्चरल कार्यक्रम का आयोजन किया गया।

हम तीनों मित्र पास इशू करवा कर कल्चरल कार्यक्रम देखने स्टेडियम पहुँच गये जहाँ भव्य पण्डाल के नीचे बहुत बड़ा स्टेज सजा था। जो परदों से ढंका था। कुछ देर

बाद बारी-बारी कई पर्दे उठते चले गये। जहाँ स्टेज की छत पर लगी रंग बिरंगी लाईटों, फोकस से डाइज़ झिलमिला उठा। कार्यक्रम राष्ट्रगान से प्रारम्भ होकर किसी कॉलेज द्वारा हास्य व्यंग पर नाटक प्रस्तुत किया गया। किसी ने मज़दूर समस्या पर मंचन किया। हमारे शिया कालेज द्वारा भारत-पाक युद्ध का वह दृश्य प्रस्तुत किया गया जिसमें भारतीय सैनिकों द्वारा सीमा पार पाक चौकी को तबाह करते दर्शाया गया था। शिया कालेज के मंचन के उपरान्त आई.टी. कॉलेज द्वारा मीरा बाई का भगवान श्री कृष्ण के प्रति भक्ति प्रेम पर नाटक प्रस्तुत किया गया। जिसमें श्री कृष्ण भगवान का रोल एक लड़की द्वारा किया गया। वह लड़की कृष्ण वेश भूषा में सिर पर मोर पंख लगाये अधरों पर बाँसुरी रखे जिससे निकलने वाला मोहक स्वर संगीत पार्टी द्वारा निकाला जा रहा था उनके सम्मुख दर्शकों की ओर पीठ किये सफ़ेद साड़ी में बैठी मीरा एक तारा बजाकर भक्ति भजन गा रही थी। कृष्ण वेशधारी लड़की को देख कर मुझे विश्वास हो गया कि यह लड़की वही है जो उसका हाथ पकड़ कर मेरे सामने से उसे घसीट कर अलग मुझसे दूर ले गयी थी। तब तक पर्दा गिर गया।

कुछ देर बाद जब पर्दा उठा तो मीराबाई दर्शकों के सम्मुख बैठी एक तारा बजा कर भजन गा रही थी तथा कृष्ण वेशधारी लड़की साइड पोज में खड़ी थी। मंच पर ऊपर से रंग बिरंगी रोशनी की किरणों के उपरान्त अचानक सफेद फोकस के घेरे में मीरा और श्याम थे।

मैं तो अनायास अपनी सीट से उछल पड़ा। तभी चन्दर ने बिगड़ कर कहा, क्या करते हो लोग क्या कहेंगे कि कितने असभ्य हैं यह लोग।

मैंने चन्दर की बात को अनसुनी करते हुए कहा, 'सुनो तो यह मीराबाई का अभिनय मेरी वाली कर रही है। देखो तो चन्दर इस अभिनय में भी वह सौन्दर्य के चरम बिन्दु पर है और उसका स्वर कितना सुरीला, मनमोहक तथा हृदय ग्राही है। ध्यान से सुनो तो! वह भजन में कृष्ण प्रेम को किन शब्दों में व्यक्त कर रही है-

ऐरी मैं तो प्रेम दिवानी मेरो दरद न जाने कोय!
दरद की मारी बन बन डोलूँ वैद मिल्यो नहीं कोय!!
घायल की गति घायल जानैजो घायल होय!
जौहरि की गति जौहरि जानै की जिन जौहर होय!!
ऐरी मैं तो प्रेम दिवानी मेरो दरद न जाने कोय!

मैं तो उसे अभी तक सुन्दरता की देवी 'वीनस' समझ रहा था और उसके मुख से निकलने वाले स्वर को सुनने को तरस रहा था। आज उसका कोयल सा सुरीला स्वर जिसमें प्रस्तुत कर रही थी किन्तु मुझे उसके मुख से निकले प्रेम की अभिव्यक्ति भरे शब्द उसकी अपनी अन्तरआत्मा के शब्द महसूस हो रहे थे। वह मीरा के अभिनय में वास्तविक मीरा लग रही थी। उसकी इस अदाकारी पर दर्शकों द्वारा तालियों की गड़गड़ाहट ने उसे सफल अभिनेत्री बना दिया। उधर नाटक में वह मीरा का अभिनय करते हुए भगवान-श्रीकृष्ण के प्रेम भक्ति में लीन थी। और मैं उसके प्रेम व उसमें लीन था।

मैनेजमेंट कमेटी के अध्यक्ष मोहन लाल मिश्र 'धीरज' नाट्य मंचन, लेखन के महान व्यक्तित्व व महान पण्डित द्वारा प्रथम पुरस्कार आई.टी.कॉलेज द्वारा प्रस्तुत नाटक 'मीरा के श्याम' को तथा द्वितीय पुरस्कार शिया कालेज द्वारा 'हिन्द-पाक युद्ध' को प्राप्त हुआ।

चौपटिया रोड पर उसके घर के सामने एक घर में जो परिवार रहता था। उस परिवार की स्वस्थ वयोवृद्ध महिला का बस एक ही कार्य था कि वह प्रात: होते ही घर से निकल कर अपने दरवाजे की दहलीज पर आकर बैठ जाती और रोड से निकलने वालों तथा मोहल्ले के लोगों, लड़के, लड़कियों को ताड़ा करती कि कौन किससे बात करता है। कहाँ जाता है! तथा घरों घरों जाकर एक घर की बातें दूसरे घर बताना। यह समझो कि वह मोहल्ला खबरी थी। लोग उससे बच कर निकलने में ही भलाई समझते थे। जब मैं उस चौखट में खड़ी अजन्ता की मूर्ति के निकट से गुजरता तो उस खबरी वृद्ध की नजरें हम दोनों पर ही टिकी रहती। अक्सर जब मैं उसके निकट पहुँचता तो वह पूछ बैठती 'भइया क्या टाइम हुआ है'!

मैं उसे टाइम बता देता किन्तु मन में कुढ़ जाता कि कहाँ नसेठ लगा दी और आगे बढ़ जाता एक दिन मैंने सोचा कि जब हम दोनों की कुछ बात नहीं हो पा रही है, तो मैं उसे एक पत्र लिखूँ जिसमें अपने मन में उमड़ रहे प्रेम के सैलाब में उसे भी सराबोर कर दूँ। तथा जब उसके निकट से गुजरूँगा तब वह पत्र उसे थमा दूँगा। फिर मैंने उसे पत्र लिख ही डाला-

प्रिया,

एक बार मुस्कुरा कर अपना नाम तो बता दो!

मैं आप को किस नाम से सम्बोधित करूँ? आप को अजन्ता की मूर्ति लिखूँ! अथवा संगमरमर में शिल्पकार द्वारा तराशी हुई प्रतिमा लिखूँ! सौन्दर्य की देवी 'वीनस' लिखूँ हैरान

हूँ कि आप को लिखूँ तो क्या लिखूँ? क्योंकि आप तो किसी ब्यूटी कॉन्टेस्ट से भी काफी ऊपर हैं।

पहले दिन जब आप को चौखट थामें सफ़ेद लिबास में खड़ी देखा तो मैं यही सोच कर आप के निकट रुक कर देखने लगा था कि शायद मकान मालिक ने दरवाजे पर संगमरमर की कोई मूर्ति खड़ी कर दी है। और जब आपके शरीर में कम्पन देखा तो मैं शर्मिन्दा होकर आगे बढ़ गया था कि यह लड़की मेरे विषय में क्या सोचेगी? कोई लोफर या बदतमीज है जो इस प्रकार रुक कर देख रहा है। उस दिन की इस हरकत की क्षमा चाहता हूँ।

मैं जब आप के निकट से गुजरता हूँ तो बहुत कुछ सोच कर आता हूँ कि आप का नाम अवश्य पूछूँगा तथा अपना प्रेम प्रस्ताव आप के समक्ष प्रस्तुत करूँगा और उत्तर में आप की स्वीकारोक्ति में 'हां' का स्वर जलतरंग सी ध्वनि उत्पन्न करके मेरी आत्मा में समा कर एक नशा सा भर देगा, किन्तु जब आपके निकट पहुँचता हूँ तो हृदय की धड़कन इतनी बढ़ जाती है कि घबराहट और संकोचवश एक शब्द भी बोल पाने में असमर्थ हो जाता हूँ। दूसरा डर सामने अपने घर की दहलीज पर बैठी हम दोनों का ध्यान से देखती प्रेतात्मा जैसी वृद्ध का रहता है। शायद यही स्थिति आपकी भी होगी क्योंकि आप के भी अधर कुछ कहने के प्रयास में थरथराते हैं किन्तु कुछ कह नहीं पाते। यदि आप मुझे मिल जायें तो मेरा जीवन सफ़ल हो जाये। मेरे मन में सदैव यही विचार समुद्र में उठने वाली लहरों की भाँति उठते रहते हैं कि हम दोनों किसी पार्क में या शहीद स्मारक के निकट किसी नाव में बैठकर गोमती नदी की सैर करें और मन में दबी बातें करें।

स्टेडियम में प्रस्तुत नाटक में मीरा बाई के अभिनय ने दर्शकों को मंत्रमुग्ध कर दिया था और मुझे पागल। मैं आपको अपनी जीवन साथी बनाना चाहता हूँ किन्तु यह तभी संभव हो सकेगा यदि आपके मन में भी यही प्रेम भाव हों जो मुझे आपका दीवाना बनाए हैं। यदि आपके मन में भी प्रेम का अंकुर उपजा हो तो इस पत्र को पढ़ कर हज़रतगंज के क्वालिटी रेस्टोरेंट में कल दिन में दो बजे मिलिएगा। जहाँ एकान्त में बैठ कर कुछ मन की बातें होंगी। मैं तीन बजे तक आप की प्रतीक्षा करूँगा। यदि आप नहीं आयी तो समझूँगा कि मेरी आराधना व्यर्थ गयी किन्तु मेरे मन में जो प्रेम आप के प्रति उपजा है वह कभी समाप्त नहीं हो सकेगा।

मीरा का कान्हा के प्रति एकतरफा प्रेम ही तो था! उसी प्रकार मैं भी आप की तस्वीर मन में सदैव बसाए रहूँगा। पत्र समाप्त करता हूँ आप की प्रतीक्षा में

तुम्हारा अपना ही ----

पत्र मोड़ कर मैंने अपनी पैन्ट की चोर जेब में रख लिया। दूसरे दिन जब मैं उसके निकट पहुँचा तो पत्र मेरे हाथ की मुट्ठी में दबा था। वह सामने खड़ी मुस्कुरा रही थी किन्तु मेरा हाथ काँपने लगा और उसे पत्र देने की हिम्मत न जुटा सका। सामने बैठी वृद्ध निगाहें हम दोनों पर गड़ाए थे। रोजाना कॉलेज के समय पर जब उसके निकट से गुजरता, पत्र हाथ में होता किन्तु कभी हिम्मत न होती, कभी वह वृद्ध सामने देख रही होती तो कभी मोहल्ले का कोई व्यक्ति वहाँ से गुजर रहा होता और मैं पत्र मुट्ठी में दाबे आगे बढ़ जाता। एक दिन मैंने पत्र देने को अपना हाथ उसकी ओर बढ़ाया, उसने भी इधर उधर देख कर अपना हाथ मेरे हाथ से पत्र लेने हेतु बढ़ाया क्षण भर में पत्र उसके हाथ में पहुँचने वाला था तभी अचानक घर के अन्दर से उसकी छोटी बहन दीदी दीदी कहती दौड़ती हुई आ गयी और हम दोनों के हाथ अपने अपने स्थान पर वापस हो गये। मैं आगे बढ़ गया। दूसरे दिन प्रातः देखा तो उसके घर पर ताला लगा था। मैंने सोचा शायद वह लोग कहीं गये हों। एक सप्ताह उपरान्त ताला खुला किन्तु वह दरवाजे पर नहीं मिली। मैं विक्षिप्त सा आगे बढ़ गया।

मेरे पिता जी के पास एक विवाह समारोह का कार्ड आया तो वह मुझसे कहने लगे 'मैं ड्यूटी के कारण वहाँ नहीं जा पाऊँगा तुम जाकर फंक्शन अटेन्ड कर लेना!' फंक्शन दो दिन बाद था। गोमती नदी किनारे बहुत बड़ा फंक्शन था। मैं फंक्शन अटेन्ड करने पहुँच गया। काफी बड़ा कार्यक्रम था। भीड़ भी बहुत थी। मैं चारों ओर किसी परिचित की खोज में दृष्टि दौड़ा रहा था कि अनायास ही मेरी दृष्टि एक फूलों से लदे झाड़ पर पड़ी जिसके निकट वह अकेली खड़ी थी। उसे देख कर मेरे हृदय व मन मस्तिष्क में हलचल मच गयी। प्रसन्नता का ठिकाना न रहा और मैं धड़कते हृदय से उसकी ओर बढ़ता चला गया। वह पत्र मेरी पैन्ट की टिकट पाकेट में सदैव रहता था, जिसे जेब से निकाल कर मैंने मुट्ठी में दाब लिया और उसके निकट पहुँच गया। मेरे अधरों पर प्रसन्नता भरी मुस्कुराहट थी कि आज एकान्त में बैठ कर मन की बातें होंगी। कुछ मैं अपने मन की बात करूँगा। वह भी अपने मन की बात कहेगी, किन्तु मुझे एकान्त में इतना निकट पाकर भी उसके अधर नहीं मुस्कुराये वह मुझे स्थिर दृष्टि से निरन्तर देखे जा थी। उसका चेहरा मुरझाया और सुस्त था। मुझे बुझे शान्त अधर, हिरनी जैसी आँखें मुझे देख कर उनमें पानी भर आया जिसके दो बूँद घास पर टपक गये। मैंने पत्र देने हेतु अपना हाथ उसकी ओर बढ़ाया किन्तु उसने पत्र लेने को अपना हाथ आगे नहीं बढ़ाया। उसकी भीगी पलकों,

थरथराते अधरों और रुंधे गले से एक ही स्वर फूटा 'तुमने बहुत देर कर दी। मैंने बहुत प्रतीक्षा की। पिता का आदेश मानना भी सन्तान का धर्म है।'

उसी समय एक नवयुवक ने पुकारा 'रिशिका! आओ चले।'

भीगी पलकें उठा कर मुझे अपलक देखते हुए बुझे बुझे स्वर में वह केवल इतना ही कह सकी 'वह मेरा मंगेतर है।' इतना कह कर वह भीगी आँखें लिये आहिस्ता आहिस्ता थके थके कदम बढ़ाती मुझसे दूर होती चली गयी और मैं जड़वत स्तब्ध खड़ा उसे अपने आप से दूर जाता देखता रहा। बस! उसे देखता ही रह गया अपने आप से दूर जाता हुआ।

पागल हूँ क्या ?

लखनऊ विश्वविद्यालय से बॉटनी विषय में पी.एच.डी. कर रहे छात्रों में एक ग्रुप ऐसा था जिसमें किशोर, रितिक व राज तथा रिनिका, लतिका तथा तनिष्का एक साथ थे। यह सब एक साथ बैठकर स्टडी करने के साथ आपस में सब्जेक्ट पर तर्क तथा विचार-विमर्श करते। इन सभी छात्रों व छात्राओं में इतनी घनिष्ठता बढ़ी जो मित्रता में बदलने के साथ प्रेम में परिवर्तित होती चली गयी किन्तु आपसी व्यवहार मित्रता पर ठहरा रहा। प्रेम की अभिव्यक्ति किसी ने भी किसी से नहीं की। यद्यपि ग्रेजुएशन से लेकर पी.एच.डी. करने तक लम्बे अन्तराल का इन सबका साथ होने के कारण लतिका और किशोर तथा तनिष्का और रितिक के बीच आकर्षण उत्पन्न हो चुका था, किन्तु रिनिका निश्छल मन से सबसे बेहिचक मिलती तथा बात बात पर हँसी का फव्वारा छोड़ती। इस पर सहेलियां जब कहती कि लड़की हो इतनी ज़ोर से न हंसा करो तो वह उत्तर में कहती, 'रिनिका का अर्थ ही हँसने वाली होता है, तो न हंसूं।' राज गंभीर, कम बोलने वाला छः फुट लम्बा तगड़ा कसरती शरीर, गोरा चिट्टा जवान था जिसे अक्सर रिनिका हल्लो टार्ज़न जंगल किंग कह कर सम्बोधित करती तो वह भी उत्तर में हल्लो जंगल क्वीन कह देता और वह कहकहा लगाकर हँसने लगती। परन्तु उसके मन में किसी भी मित्र के प्रति सम्मोहन का एहसास नहीं हुआ। वह तो अध्ययन करती और मित्रों के साथ खूब घुल मिल कर हँसती बोलती, होटलों में बैठ कर सबके साथ खाती पीती और गप्पें मारती। उधर राज की गंभीरता समुद्र की गंभीरता से अधिक ही थी। उसके मन में क्या है? यह कोई भी साथी जान नहीं पाया।

एक दिन कॉफी हाउस में रिनिका और राज कुछ पहले ही पहुँच गये और अपने ग्रुप की निर्धारित टेबल पर कुर्सियाँ खींच कर बैठ गये। राज ने कॉफी का आर्डर दे दिया।

'सब साथी आ जाते तभी कॉफी का आर्डर देते।' रिनिका ने राज से कहा।

'सब लोग आ जाएंगे तो दोबारा आर्डर दे दें। खाली बैठ कर क्या करें उनकी प्रतीक्षा में काफी ही पियें।' राज ने रिनिका की ओर भरपूर नजरों से देखते हुए उत्तर दिया। रिनिका चुप बैठी रही। कॉफी की ट्रे आ गयी रिनिका ने कॉफी बना कर एक कप राज की ओर बढ़ा दिया और दूसरा अपनी ओर उसने पहला सिप कॉफी का जैसे ही लिया।

'मुझ से शादी करोगी ?' राज ने रिनिका पर दृष्टि जमाते हुए गंभीर लहजे में पूछा।

रिनिका को राज का अप्रत्याशित प्रश्न सुनकर अपने शरीर में हाईवोल्ट करेन्ट का झटका सा लगा और वह कुछ देर तक राज को गंभीर नजरों से देखती रही फिर सोचा शायद राज मज़ाक कर रहा है और उसने अपनी आदत के अनुसार हँसी का कहकहा लगाया और कुछ देर तक वह हँसती ही रही तथा जब उसकी हँसी थमी तब राज ने गंभीर लहजे में कहा, 'अरे! इसमें हँसने की क्या बात है? मैं तुम्हारा उत्तर सुनना चाहता हूँ।'

रिनिका ने पुन: हँसी का फव्वारा छोड़ते हुए कहा - 'पागल हूँ क्या? जो तुमसे शादी करूँगी।'

'इसमें पागलपन की बात क्या हुई?' राज ने उसके उत्तर पर प्रश्न किया।

'तुमसे तो कोई पागल लड़की ही शादी करेगी।' रिनिका के यह कहते ही किशोर, रितिक, लतिका और तनिष्का ने कॉफी हाउस में प्रवेश करते ही कहा 'रिनिका की हँसी का कहकहा हम लोगों ने कॉफी हाउस से बाहर सुना तो हम लोग समझ गये थे कि राज के किसी चुटकुले पर रिनिका हँस रही है।' और राज तथा रिनिका के बीच हुई बातों का मामला हँसी मज़ाक के बीच दब कर रह गया। रिनिका ने राज की बात को मज़ाक समझा किन्तु राज ने रिनिका के उत्तर को दिल पर ले लिया। किन्तु आपसी व्यवहार में कोई परिवर्तन न आया। राज ने पुन: कॉफी लाने का आर्डर बैरा को दे दिया। सभी लोग आपस में हँसते बोलते और चुटकुले बाजी करते रहे किन्तु राज सदैव की भाँति गंभीर हो रहा।

ग्रुप के सभी लोगों की थीसिस पूरी हो चुकी थी। अत: थीसिस जमा करने के उपरान्त अध्ययन कार्य समाप्त हो चुका था। रिजल्ट की प्रतीक्षा थी कि कब डॉक्ट्रेट की डिग्री मिले। थीसिस जमा होने के दूसरे दिन रिनिका द्वारा क्लार्क अवध होटल में अपने ग्रुप के साथियों को फ़ेयरवेल पार्टी की व्यवस्था की गयी। जिसमें लतिका,

तनिष्का, किशोर, रितिक तथा राज समय से पहुँच गये थे जिनका स्वागत करने हेतु रिनिका पहले से ही उपस्थित थी। उसने साथियों का स्वागत किया तथा सभी लोग लॉन में पड़ी चेयर्स पर आकर बैठ गये। आपस में बातचीत होने लगी। आज सभी मित्रों में गंभीरता नज़र आ रही थी। हँसी-मज़ाक का वातावरण नहीं बन पा रहा था। बिछुड़ने का दुख सब के चेहरों पर नज़र आ रहा था। तभी लतिका बोली, 'आज थोड़ी देर के लिये लड़के अलग और हम तीनों लड़कियाँ अलग बैठ कर अपनी बातें करेंगे।'

तीनों लड़कियाँ वहां से उठ कर लॉन के कॉर्नर पर पड़ी चेयर्स पर जाकर बैठ गईं। थोड़ी देर तो तीनों के बीच इधर-उधर की बातें होने के बाद लतिका ने बातों का रुख बदलते हुए रिनिका को अपनी ओर आकर्षित करके कहा, 'रिनिका! मेरी बात सुनो! देखो मैं किशोर से तथा तनिष्का रितिक के साथ विवाह की बात तय कर चुके हैं। बस तू ही खाली बैठी हँसी के फ़व्वारे छोड़ा करती है। कुछ सोचती क्यों नहीं जीवन साथी चुनने के लिये?' इस अप्रत्याशित प्रश्न से रिनिका पहले तो चौंकी फिर गंभीर हो गयी। लतिका के इस प्रश्न को सुनने के कुछ देर उपरान्त उसने उत्तर दिया, 'लतिका! तुम्हारी और तनिष्का की च्वॉइस और फैसला मुझे अच्छा लगा, किन्तु मैंने तो इस विषय में कभी सोचा ही नहीं।' 'तो अब विचार कर लो! अपना साथी राज भी अच्छा लड़का है। उसकी समुद्र सी गहरी आँखों में मैंने सदैव तेरे प्रति प्रेम का ज्वार उठते देखा है उसे क्यों नहीं जीवन साथी के रूप में चुन लेती?' लतिका ने रिनिका को सलाह दी।

'बात तो तेरी ठीक है। वह एक सुन्दर व्यक्तित्व वाला सज्जन, गंभीर इंसान है, जो जंगल किंग टार्ज़न लगता है। किन्तु मैंने उसे सदैव एक अच्छे मित्र की भाँति देखा है और तो कुछ सोचा भी नहीं। अच्छा दादी! आप सलाह देने में माहिर हैं। अब आप दोनों की शादियों में सम्मिलित होने की मुझे तैयारी करने दो। मेरी चिंता न करो।' रिनिका ने लतिका पर पलटवार किया। उसी समय बैरा ने लॉन में आकर रिनिका से बताया, 'मैडम! आप लोगों का डिनर तैयार है। डाइनिंग हाल में चल कर बैठिये।'

सभी मित्र डाइनिंग हाल में पहुँच कर कुर्सियों पर जम गये। वेटर ने खाना लगाया। रिनिका ने भोजन शुरू करने का उपाग्रह किया और सभी मित्रों ने भोजन करना प्रारम्भ कर दिया। सभी ने भोजन की तारीफ करते हुए भोजन समाप्त किया और

पुन: आकर सब साथी लॉन में एक साथ बैठ गये। सभी की आँखें भीगी थी। यद्यपि लतिका, तनिष्का, किशोर तथा रितिक के महानगर में निकट ही बंगले थे, केवल रिनिका का बंगला गोमती नगर में था, तथा राज गोरखपुर का था। उसको कल प्रात: ट्रेन से गोरखपुर जाना था। सभी साथियों ने तथा रिनिका ने भीगी आँखों तथा भारी मन से राज से कहा, 'देखो राज! कन्वोकेशन डे पर डिग्री लेने अवश्य आना। इससे पहले पत्राचार करते रहना।' इन बोझिल शब्दों के साथ राज को विदाई दी। 'आप बुलाएं और हम ना आयें ऐसा कभी नहीं हो सकता है। हमको भी आप सब की बहुत याद आयेगी।' इतने वर्षों का अध्ययन का साथ जो मित्रता से भी आगे बढ़ गया हो जिसमें हमें आपस में रिश्तों का एहसास महसूस होने लगा। यह लगाव एक दूसरे के प्रति कभी कम न हो ईश्वर से प्रार्थना रहेगी।' राज ने गंभीर शब्दों में कहते हुए भीगी आँखों से गहरी दृष्टि अपने मित्रों पर डाली जो फिसलती हुई रिनिका पर आकर ठहर गयी रिनिका भी भीगी पलकों से राज को देख रही थी। दोनों की नजरें कुछ पल के लिये टकरा कर ठहर गयी। तभी राज ने अपनी मन:स्थिति पर नियंत्रण करते हुए कहा 'अच्छा मित्रों चलता हूँ।' और मुड़ कर हॉस्टल की ओर चला गया। सभी मित्र अपने-अपने निवास की ओर भारी मन से चल दिये।

सभी साथियों की थिसिस एक्सेप्ट हो गयी तथा वह दिन भी आ गया जब डॉक्ट्रेट (पी.एच.डी.) की डिग्री मिलनी थी। ग्रुप के पाँचों लोग तो लखनऊ विश्वविद्यालय में आयोजित कन्वोकेशन डे पर पहुँच गये किन्तु वहाँ राज नज़र नहीं आया। सभी साथियों की नजरें कार्यक्रम में आने वालों में राज को तलाश रही थी तथा रिनिका की नजरें राज की प्रतीक्षा में आने वालों पर टिकी रह गयी थी और उसके चेहरे पर उदासी छायी थी। उसने कई बार लतिका और तनिष्का से धीमे स्वर में कहा, 'राज अभी तक नहीं आया। कहाँ रह गया वह।'

'राज के बिना बड़ी बेचैनी हो रही है। मन में कुछ हो रहा है क्या?' लतिका ने रिनिका को कुहनी मारते हुए चुस्की ली और कहा, 'चिन्ता तो हम लोगों को भी हो रही है कि राज कहाँ रह गया किन्तु तेरा दिल उसके न आने पर कुछ अधिक बेकरार है।' 'अरी हट! उसे डिग्री लेने तो आना था। अपना साथी है चिन्ता तो होगी ही।' रिनिका ने उत्तर दिया। कार्यक्रम प्रारम्भ हुआ पाँचों साथियों को डॉक्ट्रेट की डिग्री मिल गयी। राजेश्वर नाम पुकारा गया किन्तु राज वहाँ नहीं था। सभी साथी राज के न आने से मायूस हो गये। कार्यक्रम समाप्त हो गया किन्तु राज नहीं आया।

दूसरे दिन राज ने लखनऊ आकर विश्वविद्यालय कार्यालय से अपनी पी.एच.डी. की डिग्री प्राप्त कर ली और बिना अपने साथियों से मिले ही गोरखपुर वापस लौट गया। यद्यपि साथियों से न मिलने का मन पर भारी बोझ तथा हृदय में पीड़ा का अनुभव करते हुए उसे लौटना पड़ रहा था, जिसका वास्तविक कारण था रिनिका से नजरें न मिलाना! जिसके प्रति उसके समुद्र जैसे गंभीर मन में प्रेम का अंकुर फूटना तथा प्रति उत्तर में रिनिका द्वारा कॉफी हाउस में दिया गया उत्तर। रिनिका के प्रति उसके मन में दिन पर दिन समुद्र में उठने वाले ज्वार की भाँति प्रेम हिलोरे मारता बढ़ता ही जा रहा था किन्तु उसकी इस स्थिति से बेखबर थी रिनिका। जबकि राज के जाने के बाद तथा कन्वोकेशन डे पर उसके न आने पर रिनिका भी अपने हृदय में बेचैनी का अनुभव कर रही थी। अब उसे भी राज के प्रति अपने हृदय में एक कसक का एहसास सा महसूस होने लगा था।

समय एक स्थान पर ठहरता नहीं। काल चक्र घूमता हुआ मिनट, घंटे, दिन, महीने पार करता आगे बढ़ता रहता है। रिनिका विश्वविद्यालय में प्रोफेसर हो गयी। रितिक, किशोर, लतिका तथा तनिष्का भी लखनऊ में ही अलग-अलग डिग्री कालेजों में प्रोफेसर नियुक्त हो गये। नौकरियाँ मिलने के कुछ ही समय बाद किशोर की लतिका से तथा रितिक का तनिष्का के साथ विवाह हो गया। इन दोनों विवाह कार्यक्रमों में रिनिका आगे-आगे रहीं, विवाह हो जाने के उपरान्त एक संध्या किशोर व रितिक ने अपनी पत्नियों तथा अन्तरंग मित्र रिनिका के साथ होटल क्लार्क अवध में स्पेशल एकान्त डिनर की व्यवस्था की। जहाँ बैठकर आपसी बातें कर सकें और तफरीह बाजी हो। आज यह सभी लोग टू व्हीलर से नहीं अपनी अपनी कारों से होटल आये थे।

क्लार्क अवध होटल के लॉन में बैठे पाँचों मित्र हँसी-मज़ाक और आपस में ठिठोली कर रहे थे किन्तु इन सभी लोगों को राज की कमी का एहसास दिलाया इसी बीच किशोर ने लतिका को कुहनी लगाते हुए धीमे स्वर में कहा 'रिनिका से पूछो।' यह बात कोई भी सुन और समझ नहीं सका कि किशोर तथा लतिका के बीच क्या बात हुई।

लतिका ने तनिष्का और रिनिका का हाथ पकड़ कर सीटों से उठाते हुए कहा, 'इन दोनों पुरुषों को बातें करने दो। आओ हम तीनों अलग बैठकर अपनी पर्सनल

बातें करेंगे।' तथा तीनों लड़कियाँ वहाँ से उठ कर थोड़ी दूरी पर लॉन में पड़ी चेयर्स पर जाकर गोला बना कर बैठ कर बातें करने लगीं।

'एक बात पूछूँ रिनिका! अदरवाइज़ न लेना। वास्तविकता है कि हम लोग एक-दूसरे के दुख दर्द के साथी, अन्तरंग मित्र हैं। इसी कारण पूछ रही हूँ क्योंकि हर पल प्रसन्न रहने वाली, हर बात पर हँसने हँसाने तथा हँसी के ठहाके लगा कर मौज मस्ती की तरंगे बिखेरने वाली रिनिका इतनी चुप और गंभीर क्यों रहने लगी? सदैव डिप्रेशन में रहती दिखायी पड़ती हो। इसका कारण क्या है? क्या यह कारण तुम हम मित्रों के साथ शेयर नहीं कर सकती?' लतिका ने बड़े ही प्रेम भाव से रिनिका के कंधे पर हाथ रखते हुए पूछा।

'तुम्हें क्या बताऊँ लतिका! मेरी स्थिति तो अजीब हो गयी है। परिवार के साथ रहती हूँ किन्तु लगता है अकेली हूँ। तुम लोगों के बीच आकर भी अकेलेपन का एहसास होता है। क्लास लेती हूँ, इतने स्टूडेन्ट्स के बीच भी अकेली होती हूँ। अपने बेड रूम में होती हूँ तो अकेलापन जैसे खाये जा रहा हो मुझे ऐसा महसूस होता है। नींद भी नहीं आती है, यदि आती भी है तो स्वप्न आकर घेर लेते हैं। हर समय उलझन सी बनी रहती है। कुछ समझ में नहीं आता क्या करूँ?' रिनिका ने थके-थके निढाल लहजे में अपनी स्थिति अपनी सहेली लतिका और तनिष्का को बतायी।

'तुम्हारी समझ में सब कुछ आ रहा है। तुम खुल कर बताने में संकोच कर रही हो किन्तु मैं तुम्हारी इस स्थिति का कारण महाभारत के संजय की भाँति देख रही हूँ। तुम्हारे हृदय से लेकर मानस पटल पर एक चित्र छपा है और वह चित्र है 'राज' का। एक दिन तुझसे मिलने जब तेरे घर गयी थी तो तेरे कमरे में बेड के निकट टेबल पर पहले जहाँ हम साथियों का ग्रुप फ़ोटो फ़्रेम रखा रहता था उस दिन उसी ग्रुप फ़ोटो के निकट ही इसी ग्रुप फ़ोटो से केवल राज का फ़ोटो अलग करवा कर फ्रेम में जड़ा उसी ग्रुप फ्रेम के निकट रखा था। उसे देखते ही मैं समझ गयी थी अब तो गयी रिनिका काम से।'

'एक तो तुम्हें नींद ही नहीं आती है और यदि आ जाती है तो स्वप्न में राज तुम्हारे साथ होता है। हम लोगों के बीच होती हो अथवा क्लास में तो भी राज की छवि तुम्हारे साथ होती है। मुँह में ताला कब तक डाले रहोगी? कहती क्यों नहीं कि राज के बिना तुम अकेली हो। तुम्हारी इस चुप का कारण राज है। राज के जाने के बाद उसके वापस न लौटने के उपरान्त ही यह चेंज तुम्हारे अन्दर आया है, इस बात का

एहसास हम सभी मित्रों को होने लगा था। अन्यथा ठट्ठे लगाने वाली रिनिका ने परवाह ही कहाँ की है किसी की।' कहती चली गयी लतिका।

'तुम्हारा अनुमान सही है लतिका। मैं ही बहकी रही किसी भी बात को कभी गंभीरता से नहीं लिया। प्रत्येक बात को हल्के में लेकर हँसी में उड़ा देती रही। यहाँ तक कि कॉफी हाउस जिस दिन मैं और राज तुम लोगों के आने से पहले पहुँच गये थे तब एकान्त में राज ने मुझसे पूछा था, 'मुझसे शादी करोगी?' उसके इस अप्रत्याशित प्रश्न पर पहले तो मैंने अचंभे से गौर से उसकी ओर देखा फिर ठट्ठा लगा कर हँसी और मैंने उसे जो उत्तर दिया, वह मुझे आज तक साल रहा है। मैंने उससे कहा 'पागल हूँ क्या' जो तुमसे शादी करूँगी। तुम से तो कोई 'पागल' लड़की ही शादी करेगी।' और फिर इसी बीच तुम लोग आ गये। इसके बाद उसने मुझसे ऐसा प्रश्न कभी नहीं किया। हाँ, पहले से कुछ अधिक ही वह गंभीर रहने लगा। जिसे मैंने महसूस तो किया किन्तु गंभीरता से नहीं लिया। मैंने उस समय उसकी इस बात को मज़ाक समझ कर हँसी में उड़ा दिया था। मैं समझ न सकी कि उसके हृदय में उसकी आँखों में मेरे लिये क्या है?' आत्मा की कराह के साथ रिनिका ने अपनी दोनों सहेलियों से अपने दिल का दर्द बयाँ किया।

'तू तो सदैव अल्हड़ कुंवारियों की भाँति छलाँगे मारना, मज़ाक उड़ाना, ठट्ठे लगाने के अतिरिक्त कुछ समझती ही नहीं थी। तेरी समझ में यह भी नहीं आता था जब तू राज को कहती हल्लो जंगल किंग टार्ज़न और उसके उत्तर में वह मुस्कुरा कर कहता हल्लो जंगल-क्वीन तब तुम कहकहा लगा कर हँस देती, किन्तु तुम्हारी समझ में नहीं आता कि वह टार्ज़न की हीरोइन जंगल क्वीन का स्थान तुम्हें दे रहा है। तुम्हें तो हँसी ठट्ठों से फुर्सत नहीं थी तुम किसी बात पर गंभीरता से सोचती ही कहाँ थीं। मैंने उसकी आँखों को पढ़ा है, वह जब तुम्हारी ओर देखता तो तुम्हारे प्रति प्रेम का समुद्र ठाठें मारता मुझे सदैव नज़र आया, किन्तु तुम अपने होश में ही कहाँ थी जो किसी के प्रस्ताव अथवा आँखों में उमड़ते प्यार के सागर के विषय में सोचती और यदि हाँ कहने पर सोचने समझने की आवश्यकता थी तो ऐसा कड़ुआ उत्तर ही न देती, चुप रह जाती तो वह भी सोचता कि कोई लड़की इतनी जल्दी हाँ कहने में असमर्थ होती है।' लतिका ने रिनिका से गंभीरता से कहा।

'अब हो भी क्या सकता है। अब तो सब मामला मेरी मज़ाकिया आदत के कारण बिना सोचे समझे चंचलता पूर्ण राज को दिये गये उत्तर के कारण बिगड़ ही चुका है।

तुम्हीं बताओ लतिका अब मैं क्या करूँ? मेरा तो हर दिन थका हुआ गुजरता है। करवटें मेरे सीने पर मायूसियां बिखेर जाती हैं और जब पलकें झपकती हैं तो राज मेरे निकट होता है और मैं राज के निकट, किन्तु जब रात्रि के समापन पर प्रात: सूर्य की किरणें जंगले से आकर मेरे शरीर को जलाने लगती है तो आँख खुल जाती है और मैं सूर्य की उन किरणों को कोसती, जिन्होंने राज को मुझसे अलग कर दिया, मेरे स्वप्नों को बिखेर दिया।' सहेलियों से अपनी दास्तान-उभरी बयान करते हुए रिनिका की आँखों से आँसू के बूँद लॉन की घास पर टपक कर बिजली की रोशनी में चमकने लगे।

'हताश न हो रिनिका! ईश्वर की कृपा से जब शकुंतला को उसे भूल चुका राजा दुष्यन्त मिल सकता है तो तुम्हें राज क्यों नहीं मिल सकता। तुम्हारा प्रेम, तुम्हारा विश्वास तथा तुम्हारी हृदय से राज से मिलन की आस एक दिन अवश्य तुम्हें राज से मिलाएगी।' लतिका की आँखें भी भीग गयी थीं। उसने रिनिका को हौसला और विश्वास दृढ़ बनाये रखने की सलाह दी।

'अब तक तो उसका विवाह भी हो गया होगा। पता भी तो नहीं है कि वह कहाँ है।' हताशा के साथ रिनिका के अधरों से यह शब्द निकले। 'हृदय से किसी को प्रेम करने वाले जल्दी विवाह भी नहीं करते। मेरा विश्वास है राज ने भी विवाह नहीं किया होगा।' लतिका ने अपने विचार व्यक्त किये।

'उसने यदि विवाह कर भी लिया हो किन्तु मैं विवाह उसके अतिरिक्त किसी भी अन्य पुरुष से नहीं करूंगी। कारण यह कि यदि मैं किसी से भी विवाह कर भी लूँ तो मैं न उसे प्रेम कर सकूँगी और न ही उसे प्यार दे सकूँगी। तो मैं अपना और उस व्यक्ति का जीवन जबरन बर्बाद क्यों करूँ। इसी से मैं राज के अलावा किसी अन्य पुरुष को अपने मन, हृदय में स्थान नहीं दे सकती।' रिनिका ने अपनी आँखों से आँसू पोछते हुए कहा।

'प्यार के पल रोमांटिक ग़ज़ल होते हैं। इसीलिये प्यार करने वाले जीवन के इन खूबसूरत लम्हों को चाहते हैं कि यहीं थम जाएं और हम सदैव प्यार के सागर में डूबे रहें।' लतिका ने रिनिका के कंधे पर हाथ रख कर कहा। मेरी ईश्वर से प्रार्थना है कि तुम्हारे जीवन में राज आ जाय और यह लम्हे भी।

एक दिन रिनिका जब विश्वविद्यालय से पढ़ा कर अपने घर आयी तो देखा घर में सन्नाटा है। मम्मी पापा अत्यधिक चिंतित चुप बैठे हैं। वह अपने कमरे में चली

गयी अपना बैग टेबल पर रखा किन्तु उसे कुछ अनहोनी का एहसास हुआ और वह बिना चेंज किये अपने मम्मी पापा के निकट आकर बैठते हुए उनके चिंतित चेहरों को पढ़ते हुए पूछा, 'क्या बात है आप दोनों इतने चुप तथा चिंतित क्यों है क्या कारण है ?'

'कोई बात नहीं तुम थकी मांदी आयी हो, जाकर अपने कमरे में थोड़ा आराम कर लो।' उसके माता पिता ने कुछ न बताते हुए रिनिका से कहा।

'नहीं पापा! कुछ बात तो है अन्यथा इतनी चिन्ता तथा खामोशी आप लोगों के चेहरों पर मैंने कभी नहीं देखी। आप को बताना तो पड़ेगा ही अन्यथा न आराम करूँगी जाकर, न ही कुछ खाऊँगी पियूँगी।' इतना कहते हुए रिनिका ने अपने पापा के गले में दुलार से हाथ डाल कर कहा 'बताइये ना पापा क्या बात है ?'

'बेटी! बात यह है कि यहाँ एक कोई बहुत बड़ा माफिया 'घनश्याम बाबा' है। जिसके गुर्गे मेरे ऑफिस आये थे और उन लोगों ने खुले रिवाल्वर मेरी टेबल पर रख कर मुझसे कहा, 'इंजीनियर साहब जो हम कह रहे हैं सुनो! इस महानगर का हर बड़ा व्यापारी, डॉक्टर, इंजीनियर सभी लोग माहवारी उगाही देते हैं केवल आप बचे है अत: आपके लिये बाबा का आदेश है कि एक लाख रुपया महीना आप देंगे।'

'अरे भाई अप लोग कौन है ? यह बाबा कौन है ? जो मुझे आदेश दे रहे हैं उगाही देने की ? क्या पुलिस का भी आपको आपके बाबा को कोई डर नहीं जो मेरे ऑफिस में यह खुले रिवाल्वर दिखा कर मुझे आदेश दे रहे हो ?' मेरे मुख से जैसे ही यह शब्द निकले उसी क्षण उनके एक गुर्गे ने मेरी कनपटी से रिवाल्वर सटा कर कहा, 'बाबा घनश्याम का आदेश अदालत का आदेश होता है। पुलिस भी बाबा के नाम से पसीना छोड़ देती है। यदि यह माहवारी उगाही समय से न पहुँची तो तेरी बेटी जो विश्वविद्यालय में पढ़ाती है, उसका अपहरण होने के साथ तुम्हें जान से मार दिया जायगा। मार तो मैं तुम्हें अभी सकता हूँ किन्तु तुमसे धन वसूलना है इसलिये छोड़े दे रहा हूँ।' इतना कह कर वह लोग कार्यालय से बाहर चले गये और मैं स्तब्ध डरा हुआ बैठा रह गया।' रिनिका से उसके पापा ने बताया।

रिनिका जहाँ हँसमुख तथा हँसी के फ़व्वारे छोड़ने वाली लड़की थी यद्यपि कुछ समय से राज के जाने के बाद से गंभीर अवश्य रहने लगी थी किन्तु वह सदैव से हिम्मत वाली और दबंग भी थी। पापा से घनश्याम बाबा का नाम और उसके गुर्गे

की धमकी के विषय में गंभीरता से चुप बैठी सोचती रही, फिर बोली, 'आप परेशान न हों पापा! में इस विषय में कुछ सोचती हूँ।'

'नहीं बेटी! वह लोग बहुत खतरनाक हैं तुम पुलिस उलिस का चक्कर न फैलाना अन्यथा वह लोग तुम्हें भी नुकसान पहुँचा देंगे।' घबराये लहजे में पापा ने रिनिका को मना किया। अपने पापा की बात सुन कर रिनिका चुपचाप उठ कर अपने कमरे में चली गयी और वहाँ एकान्त में बैठ कर पुलिस कप्तान लखनऊ के नाम इस सारे विषय का एक प्रार्थना पत्र लिख कर तैयार किया और अपनी कार से विश्वविद्यालय के रास्ते होती हुई पुलिस कार्यालय पहुँच गयी।

पुलिस कार्यालय की गैलरी में जब उसने कदम रखा तो कई आई.पी.एस. अधिकारियों की अलग अलग कमरों के गेट पर नेम प्लेट्स लगी दिखी उन्हीं में उसके सामने कमरे के गेट पर एस.पी. सिटी डॉ. राजेश्वर आई.पी.एस. की नेम प्लेट नज़र आयी जिसे देखकर रिनिका के कदम वहीं पर थम गये और वह सोचने लगी यह नाम तो राज का भी है, वह भी डॉक्टर है किन्तु वह तो कहीं प्रोफेसर होगा और यह पुलिस अधिकारी है। उसके मन में ऊहापोह मचने लगी। आखिर नाम वही डिग्री वही वह कन्फ्यूज होती चली गयी। अचानक उसे अपना काम याद आ गया तो उसने सोच एस.पी.सिटी से ही मिल कर बात की जाय और उसने अपना विजिटिंग कार्ड पर्स से निकाल कर गेट पर बैठे कॉन्स्टेबिल को दिया। जिसे उसने अन्दर जाकर साहब की टेबल पर रख दिया, जिसे पढ़ कर वह पुलिस अधिकारी चौंक पड़ा और उसके चेहरे पर प्रसन्नता छा गयी। उसने अर्दली से कहा उन्हें अन्दर आने दो तथा जब तक बात समाप्त न हो जाय किसी को भी अन्दर आने न देना और हाँ काफी और बिस्किट्स भिजवा देना।

चैम्बर की चेक हटा कर जैसे ही रिनिका ने अपना कदम अन्दर रखा वह हतप्रभ जहाँ पर थी वहीं खड़ी रह गयी। वह आँखें फाड़े रिवाल्विंग चेयर पर बैठे उस आई.पी.एस. अधिकारी के मुस्कुराते हुए चेहरे को गौर से देख कर पहचानने के प्रयास में कन्फ्यूज खड़ी थी।

'आइये डॉ. रिनिका! कन्फ्यूज मत होइये मैं राज ही हूँ।' सामने पड़ी चेयर पर बैठने का इशारा करते हुए आई.पी.एस. अधिकारी राजेश्वर ने कहा।

'तुम राज हो? किन्तु यह क्या और कैसे?' रिनिका ने अचंभे के साथ चेयर पर बैठते हुए प्रश्न किया।

'जो तुम देख रही हो तथा जो सामने है वह सत्य है। कन्फ्यूज होने की आवश्यकता नहीं। क्या और क्यों का उत्तर हम सभी मित्र जब एक साथ बैठेंगे तब दूँगा। वह सब मित्र कैसे हैं? उन लोगों ने तो शादियाँ कर लीं। तुमने शादी की?' राज बताने और पूछने लगा।

'सभी मित्र तुम को बहुत याद करते हैं। तुमने तो अपना पता भी नहीं दिया न ही हम लोगों की कोई खबर ली। ऐसा लगा कि तुम भूल ही गये।' रिनिका ने गंभीरता के साथ उत्तर दिया।

'तुमने बताया कि वह सब मुझे बहुत याद करते हैं और तुम?' मुस्कुराते हुए राज ने कहा।

'मैं भी।' रिनिका ने सिर झुका कर उत्तर दिया।

'तुमने शादी कर ली? मेरे इस प्रश्न का उत्तर तुमने नहीं दिया' राज ने पुनः पूछा।

'नहीं। क्या तुमने शादी कर ली?' रिनिका ने भी उत्तर देने के साथ राज से प्रश्न किया।

'मैं शादी किसके साथ करता? मुझे कोई पागल लड़की ही नहीं मिली जो मुझसे शादी करती।' राज ने चुटकी लेते हुए मुस्कुरा कर उत्तर दिया।

रिनिका ने पूर्व में दिया हुआ अपना उत्तर राज के मुँह से सुन कर सिर झुका लिया और सोचने लगी कि मेरा अनजाने में बिना गंभीरता से समझे हुए हंसी में दिया उत्तर राज को अभी तक याद है। तभी राज ने रिनिका की स्थिति का अन्दाजा लगाते हुए मुख्य मुद्दे पर आकर पूछा 'आज तुम्हें पुलिस कार्यालय आने की क्या आवश्यकता पड़ गयी? किन्तु जो भी आवश्यकता हो, शायद ईश्वर को बिछुड़े मित्रों को मिलाना मंजूर था। इसी कारण, किसी कारण वश तुम्हें यहाँ आना पड़ा। वैसे एक दो दिनों में मैं स्वयं तुम सब से मिलने आने वाला था।' राज ने रिनिका से मन की बात कही। 'मैं तो तुमसे स्वयं यही कहने वाली थी कि तुम लखनऊ में होते हुए मित्रों से मिलने नहीं आये? क्या भूल गये इतना पुराना गुजरा हुआ साथ।' रिनिका ने सकुचाते हुए कहा। 'मैं तो उन्हीं यादों के सहारे जीवित हूँ। मैं भला तुमको और साथियों को कैसे भूल सकता हूँ। नौकरी जीवन की आवश्यकता है किन्तु अतीत की स्मृतियाँ जीवित रहने का सहारा हैं।' राज ने रिनिका पर दृष्टि गड़ाते हुए बुझे बुझे अंदाज़ में कहा।

'खैर, यह सब अभी छोड़ो। हम सब साथी जब बैठेंगे तो बातें होंगी। आज अपने आने का कारण बताओ।' राज ने पूछा।

रिनिका ने अपने पर्स से एक प्रार्थना पत्र निकाल कर राज की टेबल पर रख दिया तथा कम शब्दों में अपने पापा के साथ घटित घटना बता दी।

टेबल पर अपने सामने रखे प्रार्थना पत्र को राज ने कई बार पढ़ने के उपरान्त घंटी का बटन दबाया। घंटी की आवाज़ होते ही गेट पर बैठा अर्दली शीघ्र ही अन्दर आकर अटेंशन खड़ा होते हुए बोला, 'जी सर!'

'रीडर से जाकर कहो शीघ्र मेरे पास आये।' राज ने अर्दली को आदेश दिया।

कुछ ही देर में रीडर ने कमरे में प्रवेश किया 'जी सर।' कह कर आदेश की प्रतीक्षा करने लगा।

'गोमती नगर थाना क्षेत्र के प्रभारी निरीक्षक को फोन करके कहो कि तुरन्त ही मेरे सामने हाजिर हों।' एस.पी. सिटी राज ने रीडर को आदेश दिया। थोड़े समय बाद ही गोमती नगर थाना क्षेत्र के प्रभारी निरीक्षक एस.पी.सिटी राजेश्वर के सामने सेल्यूट मार कर हाजिर थे।

'बैठिये।' सामने पड़ी चेयर की ओर इशारा करते हुए राज ने इंसपेक्टर से बैठने को कहा। इसके उपरान्त वह प्रार्थना पत्र जो डॉ. रिनिका ने दिया था उनके सामने बढ़ा दिया। प्रार्थना पत्र पढ़ते ही इंसपेक्टर के माथे पर पसीने की बूंदें झलकने लगीं जिन्हें पोछते हुए इंसपेक्टर ने कुछ घबराये हुए लहजे में बताया, 'सर! यह तो यहाँ का सबसे बड़ा माफिया डॉन है इसके जुए के अड्डे, अवैध शराब तथा नशीले पदार्थों के अड्डे चलते हैं। यह सुपारी किलर है तथा महिलाओं के अपहरण करवा कर उन्हें देश विदेश में बेच देता है। इसके सिर पर कई मंत्रियों का हाथ है जिन्हें बाकायदा अवैध रूप से की जाने वाली वसूली तथा सभी अवैध कार्यों का हिस्सा मिलता है इसमें पुलिस भी हिस्सा लेती है। इसी कारण इसे कोई टच नहीं कर पाता है।'

'क्या यह पुलिस से बड़ा गुण्डा है?' राज ने इंसपेक्टर से पूछा।

'सर मंत्री तथा पुलिस सभी तो उसे सहयोग देते हैं।' इंसपेक्टर ने बताया।

'अच्छा तो अब मैं देखता हूँ कि वह बड़ा गुण्डा है या पुलिस और कानून।' कहते हुए राज ने फोन हॉटलाइन पर कहीं डायल किया और विस्तार से पूरा मामला बताया। इंसपेक्टर तथा रिनिका फोन पर बात करते एस. पी. सिटी के चेहरे के हर

पल बदलते भावों को देख रहे थे। कॉल समाप्त होने पर राज के चेहरे पर दृढ़ विश्वास, शान्ति, प्रसन्नता के भाव स्पष्ट देखे जा रहे थे। एस. पी. ने यह स्पष्ट नहीं किया कि उनकी फोन पर किससे बात हुई। किन्तु महसूस हो रहा था कि किसी हाई पावर हस्ती से बात होने पर उसके चेहरे पर बोल्ड चमक दिखायी दे रही थी।

'तुम घर जाओ। दो दिन तुम विश्वविद्यालय पढ़ाने न जाना तथा अपने पिता जी को भी ऑफिस से फोन पर ही छुट्टी लिवा लेना। तुम्हारे घर पहुँचते ही घर की व परिवार की सुरक्षा हेतु फ़ोर्स पहुँच जायगा। दो दिन का मुझे समय चाहिये। मैं स्वयं तुम्हें फोन करूँगा। चिन्ता करने की आवश्यकता नहीं है।' रिनिका से राज ने विस्तार से बताया। 'हाँ, एक बात का ध्यान रखना कि अपने साथियों को मेरी यहाँ पोस्टिंग तथा मुलाकात के विषय में न बताना मैं अचानक उनके घरों पर जाकर मिलकर सब को साथ लेकर तुम्हारे घर आऊँगा।' राज ने रिनिका से कहा।

खबरी से बाबा घनश्याम के अड्डे के साथ जितने भी अवैध कार्यों के अड्डे थे जुआ, शराब, स्मैक तथा जहाँ अपहृत लड़कियों, महिलाओं को रखा जाता था। सभी अड्डों पर रात्रि के तीन बजे स्पेशल पुलिस बल के साथ एक साथ एक ही समय में छापे डाल कर बाबा घनश्याम तथा उसके गुर्गों व अवैध सामान व महिलाओं को पुलिस बल ने अपने कब्जे में ले लिया उसी छापेमारी के कुछ देर बाद ही कई मंत्रियों के फोन की एस.पी.सिटी राजेश्वर के मोबाइल पर घंटियाँ बजने लगी। जिन्हें बड़े ही शान्तिपूर्वक राजेश्वर ने अटेंड किया। मंत्रियों द्वारा पहले तो हड़काने का प्रयास किया गया 'बाबा घनश्याम भला और सामाजिक व्यक्ति है, अपनी फ़ोर्स तुरन्त वहाँ से हटा कर सबको छोड़ दो। तुम्हें नौकरी करना है या नहीं।'

'मंत्री जी नाम तो आप का भी इस मामले में आया है, क्या आपके घर पर छापा डालूँ आकर।' राजेश्वर ने सधे हुए लहजे में कहा।

'क्या बदतमीज़ी है, तुम्हारी यह हिम्मत जो मुझसे ऐसी बात कर रहे हो।' मंत्री जी भड़क गये।

'मंत्री जी! आपके सिर पर जो हाई कमान है, यह सब उसके आदेश से हो रहा है। आप उनसे बात करके मुझे फोन करवा दीजिये। छोड़ दूँगा।' राज के इतना कहते ही मंत्री जी का फोन कट गया और फिर कोई फोन उसके पास नहीं आया। शहर में एक साथ अपराधों तथा अपराधों के बादशाह का सफाया हो गया। महानगर के लोगों ने चैन की साँस लेना शुरू कर दिया।

दूसरे दिन के समाचार पत्रों में बाबा घनश्याम उसके अवैध अड्डों तथा गुर्गों की गिरफ्तारी व बर्बादी को बढ़ा-चढ़ा कर छापा। उधर रिनिका का मोबाइल भी बोल पड़ा उसने मोबाइल अटेंड किया तो राज का स्वर उसके कानों में मिठास घोल गया। 'कल डिनर तुम्हारे घर पर आप लोगों के साथ लूँगा किन्तु मेरे साथ अपनी ग्रुप मण्डली होगी। इससे पहले यहाँ की बाकी कार्यवाही पूरी कर लूँगा, तब निश्चिन्त होकर सब साथी बैठ कर गपशप करेंगे। अब चिन्ता करने की कोई आवश्यकता नहीं। पापा से कह देना निश्चिन्त होकर ऑफिस जायें। कल मिलेंगे।' कहते हुए राज ने फोन काट दिया। फोन कटने के बाद भी रिनिका मोबाइल कान से लगाये राज के विचारों में खोती चली गयी।

दूसरे दिन सायं पाँच बजे पुलिस की दो गाड़ियां साइरन बजाती महानगर में किशोर के बंगले के सामने आकर रुक गयी। 'जाओ सामने बंगले में डॉ. किशोर से कहना कि साहब मिलना चाहते हैं।' राज ने अपने अंगरक्षक को किशोर को बुलाने भेजा। अंगरक्षक द्वारा कॉल बेल का बटन दबाने के कुछ ही देर बाद डॉ. किशोर दरवाजा खोल कर बाहर आये तो सामने स्टेनगनधारी तीन बिल्ले लगाए हेड आरक्षी खड़ा था, जिसे देख कर किशोर ने कुछ घबराहट के साथ पूछा, 'क्या बात है?'

'आपसे साहब मिलना चाहते हैं।' आरक्षी की बात पूरी होने से पहले राज वहाँ आ गया। किशोर के माथे पर पसीने की बूँदें झलकने लगी थी। उसने कहा, 'जी कहिये साहब क्या बात है?' 'कौन साहब? वर्दी देख कर घबरा गये बेटा। तेरे सामने राज खड़ा है। गौर से देखो तो, बस फिर क्या था दोनों एक दूसरे से गले लग गये। 'तुम? पुलिस वर्दी में आई.पी.एस.! यह सब कैसे? और तुम हम लोगों को छोड़ कर ऐसे गये कि न खबर ली न अपनी खबर दी। आओ अन्दर ड्राइंग रूम में चलें।' किशोर ने राज का हाथ पकड़े ड्राइंग रूम में पहुँचते ही आवाज़ दी, 'लतिका जल्दी आओ देखो तुम्हारा बिछुड़ा मित्र आया है। तभी राज ने अपने अंगरक्षक को इशारा किया और वह वहाँ से जीप की ओर चला गया तब तक लतिका लम्बे डग मारती ड्राइंगरूम में प्रवेश करते ही ठिठक कर खड़ी हो गयी। 'रुक क्यों गयी यह वर्दीधारी आई.पी.एस. राज है।' किशोर के कहते ही पहले अचम्भा फिर बिछुड़े साथी से मुलाकात से लतिका का चेहरा खिल गया। 'राज तुम कहाँ खो गये थे? तुम्हारा पता होता तो हम सभी लोग आते। खैर, अभी देरी नहीं हुई अन्यथा अनर्थ हो जाता।' कहते हुए वह राज के निकट ही बैठ गयी।

'ठंडा पियोगे या कॉफी?' लतिका उठने लगी तो राज ने उसे रोक दिया कहा, 'आज कुछ नहीं। हाँ, तुम कह रही थी किसी अनर्थ की बात। तो क्या अनर्थ होने जा रहा था?' राज ने प्रश्न किया।

'तुम्हारे जाने के बाद हम सभी साथी तुम्हारी चिन्ता, तुम्हारी यादों में काफी परेशान थे किन्तु हम लोगों ने मार्क किया कि रिनिका न ही हँसती है न कहकहे लगाती है न हँसी मज़ाक करती है। वह तुम्हारे जाकर वापस न आने पर पूरी तरह टूट गयी है। तुम्हारी तस्वीर ग्रुप से बाहर निकाल कर फ्रेम में उसकी टेबल पर रखी है। न ही उसका मन विश्वविद्यालय में क्लास लेने में लगता है न अपने घर में। नींद आती है तो स्वप्नों में तुम आ जाते हो! एक दिन हम लोगों की पर्सनल पार्टी में बहुत दबाव देने पर उसने हमसे और तनिष्का को बताया था। मेरे यह कहने पर कि तुम्हारे घर वाले परेशान है अच्छे-अच्छे रिश्ते आ रहे हैं, तुम शादी के लिये हाँ क्यों नहीं कर देती। बहुत पूछने पर उसने तुम्हारा नाम लिया था। वह बोली, 'मैं अपनी चंचलता, हँसी मज़ाक, हँसी के ठहाके लगाने की सजा भुगत रही हूँ। कभी किसी विषय को गंभीरता से लिया ही नहीं।' और फिर उसने कॉफी हाउस में तुम्हारे द्वारा रखे गये उसके समक्ष शादी के प्रस्ताव तथा ठहाका लगा कर अपने द्वारा तुम्हें दिये गये उत्तर के विषय में बताते हुए उसकी आँखों से आँसू टपकने लगे। मैंने और तनिष्का ने उसे ढांढस बंधाया कि तुम्हारे मन में यदि राज है तो वह अवश्य तुम्हें मिलेगा। तुम ईश्वर पर भरोसा रखो।

'अब हो भी क्या सकता है। राज ने तो अब तक शादी भी कर ली होगी! पता नहीं वह कहाँ है?' भीगी आँखों से मायूस लहजे में सिसकी लेते हुए रिनिका ने हम दोनों से कहा था।'

'सुनो राज! हम सभी साथियों की ओर से तुमसे रिक्वेस्ट है कि रिनिका स्त्री है तथा अपने द्वारा तुम्हें दिये गये अपने उत्तर से शर्मिन्दा है। उसके अधरों पर न हँसी है न कहकहे हैं। स्वास्थ्य भी तुम्हारी चिन्ता में पहले जैसा नहीं रहा, वह तो अपनी ओर से कह नहीं पायेगी। तुम पुरुष हो तुम शादी का प्रस्ताव एक बार पुन: दोहरा देना फिर देखना क्या होता है। हम लोग कुछ देर के लिये बहाने से ड्राइंग रूप से बाहर चले जाएंगे।' लतिका ने राज को डिटेल से रिनिका की स्थिति बताते हुए 'प्रॉमिस' लिया।

'तुम लोग क्या समझते हो कि रिनिका के उत्तर से मैं कितना घायल हो गया था। आज तक उसके स्थान पर किसी को भी नहीं आने दिया। मेरे माता पिता ने भी विवाह पर कितना ज़ोर दिया। तमाम लड़कियों के फ़ोटो आये जिन्हें मैंने देखा तक नहीं। मेरे मन-मस्तिष्क में तो रिनिका की तस्वीर छप चुकी थी उसे मिटाया नहीं जा सकता। उससे बिछुड़ने के जख्म आज भी सीने में हरे हैं जिनके दर्द के एहसास के साथ ही जीवित हूँ। यद्यपि बड़ी ललक के साथ उसका मुझे टार्जन बुलाने में मुझे हौसला और हिम्मत दी थी जब मैंने उसके समक्ष शादी का प्रस्ताव रखा था किन्तु रिनिका द्वारा मुझे दिये गये उत्तर ने मुझे एहसास दिला दिया था कि मेरे मन में उसके प्रति एकतरफा प्रेम है। उसके मन में मेरे प्रति कुछ भी नहीं है। यही समझ कर मैं मन ही मन घुलने लगा और यहाँ से चला गया और फिर वापस न आया। अब तुमने रिनिका के विषय में जो कुछ बताया है इस स्थिति के विषय में तो मैंने स्वप्न में भी नहीं सोचा था। उसी के घर हम लोग इस समय चल रहे हैं। आज का डिनर तुम चारों और मेरा उसी के घर पर है। तुम लोगों को खबर देने से मैंने ही उसे रोक दिया था। दो दिन पूर्व मेरे ऑफिस में अचानक रिनिका से मुलाकात हो गयी थी जहाँ वह किसी कार्य से गयी थी। न मिलने की तथा यहाँ पोस्टिंग के बात तुम सबसे मिलने न आने का शिकवा कर रही थी। मेरे पुलिस में होने के विषय में भी उसने मुझसे पूछा था। किन्तु मैंने ही उससे कहा था कि जब सब साथी एक साथ बैठेंगे तब डिटेल से बताऊँगा। खैर, अब चलो रितिक और तनिष्का को भी साथ ले लें। रिनिका सबकी प्रतीक्षा कर रही होगी।' राज की बात समाप्त होते ही आरक्षी एक पैक्ड कार्टून लेकर ड्राइंग रूप में आ गया।

'सामने टेबल पर रख दो।' राज ने आदेशात्मक स्वर में आरक्षी से कहा। और वह कार्टून टेबल रख कर वापस चला गया!

'यह क्या है?' एक स्वर में किशोर और लतिका ने राज से पूछा?

'मैं तुम लोगों की शादी में नहीं आ पाया था। यह तुम्हारा शादी गिफ्ट है इसे सप्रेम स्वीकारो तथा तुरन्त निकल चलो रितिक और तनिष्का के निवास के लिये।

कुछ देर बाद पुलिस साइरन बजाती फ़ोर्स की गाड़ियाँ तथा किशोर और लतिका की कार रितिक और तनिष्का के बंगले के सामने खड़ी थी। एक आरक्षी ने फुर्ती से जीप से उतर कर एस.पी. के इशारे पर जाकर रितिक के बंगले की काल बेल दबा दी। द्वार खुला तो पुलिस फ़ोर्स की गाड़ियाँ तथा लॉन में खड़े लम्बे चौड़े

आई.पी.एस. अधिकारी को देख कर द्वार से बाहर आते रितिक ने घबरा कर पूछा, 'क्या बात है साहब ?'

'कौन साहब न में साहब! न तुम साहब। इतनी जल्दी राज को भूल गये तुम रितिक ?'

'अरे, राज तुम पुलिस ऑफिसर कब ? कैसे ?' रितिक के प्रश्न करते ही किशोर और लतिका भी अपनी गाड़ी से उतर कर निकट आ गये जिन्हें देख कर रितिक अचंभे में आ गया। रितिक ने तनिष्का को आवाज़ दी कहा, 'देखो यहाँ कौन आया है। अपना खोया हुआ राज आया है।' उसी समय जब तक तनिष्का बाहर आती तब तक आरक्षी कार्टून लेकर आ गया। उधर तनिष्का भी बाहर आकर ठिठक कर स्तब्ध खड़ी रह गयी आने सामने आई.पी.एस. ऑफिसर को देख कर।

'अरे तनिष्का! तुम तो जड़वत रह गयीं। यह अपना राज आई.पी.एस. है।' रितिक ने तनिष्का को अपने स्थान पर स्तब्ध खड़ा देख कर बताया।

'अरे राज! तुम पुलिस ऑफिसर हो गये ? किन्तु तुम इतने दिनों तक कहाँ थे ? तनिष्का ने प्रसन्नता के साथ राज के निकट आते हुए पूछा।

'यह सब प्रश्नों के उत्तर सभी साथियों को एक साथ बैठकर दूँगा। अभी तुम दोनों हम लोगों के साथ चलो। रिनिका के घर पर आज सब का डिनर है। वहीं बैठकर बातें होंगी।' राज ने तनिष्का से कहा।

'यह कार्टून कैसा है।' रितिक और तनिष्का से पूछा। मैं तुम लोगों की शादी में नहीं आ पाया। यह तुम दोनों का शादी गिफ्ट है। बस चलो शीघ्र ही।' राज ने बताया।

'तुम दोनों हम लोगों के साथ हमारी गाड़ी में चलो।' किशोर ने रितिक व तनिष्का से कहा।

राज का काफ़िला पुलिस साइरन बजाता गोमती नगर की ओर बढ़ने लगा। राज स्वयं पुलिस की सफ़ेद गाड़ी स्कॉर्पियो में था तथा अपने साथ फ़ोर्स की एक जीप लाया था। राज की गाड़ी के पीछे किशोर की कार थी तथा उसके पीछे पुलिस फ़ोर्स की जीप थी। फरटि भरती पुलिस की गाड़ियाँ साइरन बजाती रिनिका के बंगले के सामने पहुँच कर रुक गयीं।

पुलिस की गाड़ियों का साइरन सुन कर रिनिका तथा उसकी माताजी व इंजीनियर पिताजी राज का स्वागत करने बंगले का गेट खोलकर बाहर निकल कर खड़े हो गये। शीघ्र ही अगली सीट पर बैठा गनर फुर्ती से गाड़ी से उतरा और अपने साहब एस.पी. सिटी का डोर खोल दिया और फुर्ती से राज गाड़ी से बाहर आ गया तभी अपनी गाड़ी से किशोर-लतिका, रितिक-तनिष्का भी उतर कर राज के निकट आकर रिनिका के बंगले के गेट की ओर बढ़ने लगे जहाँ रिनिका तथा उसके माता-पिता खड़े इन लोगों की प्रतीक्षा कर रहे थे। निकट पहुँचते ही दोनों ओर से हाथ जोड़ कर एक दूसरे को नमस्कार के साथ अभिवादन किया।

'हम लोग आप लोगों की प्रतीक्षा ही कर रहे थे।' रिनिका ने राज की ओर देखते हुए कहा।

मैंने तो आपको प्रतीक्षा का अवसर नहीं दिया जब कि मेरा तो सम्पूर्ण जीवन ही प्रतीक्षा के नाम हो गया।' यह शब्द राज ने धीमे स्वर में कहे जिन्हें रिनिका तथा उसके अपने साथी ही सुन सके। सब लोग एक बड़े हाल में पहुँच का सोफों तथा चेयर्स पर विराजमान हो गये। नौकर ने पानी लाकर दिया। सभी ने पहले पानी लिया इसके बाद नाश्ता लग गया। रिनिका व्यवस्था कराने में काफी एक्टिव दिख रही थी।। कोल्ड ड्रिंक आ गया। सभी लोग नाश्ते से फुर्सत पाकर बैठे तो रिनिका के माता पिता कमरे से बाहर चले गये। एक तो भोजन की व्यवस्था देखने, दूसरी बात यह कि लड़के लड़कियां पुराने साथी हैं। आपस में मिल बैठ कर हँसें बोलेंगे तथा बातचीत करेंगे। तब तक रिनिका भी आकर बैठ गयी।

अब प्रारम्भ हुई मित्रों की अदालत। 'मिस्टर एस.पी.! आज हम लोग प्रश्न करेंगे। उत्तर तुम को देना है।' किशोर ने सभी साथियों की ओर से बात रखी। 'हमारे प्रश्न तुम्हारे उत्तर। पहला प्रश्न थीसिस जमा करने के बाद ऐसे गये कि न अपनी खबर दी! न ही हम लोगों की खबर ली। यहाँ तक कि कन्वोकेशन डे पर अपनी डॉक्ट्रेट की डिग्री तक लेने नहीं आये, और इसके उपरान्त भी न कोई चिट्ठी न फोन आदि पर ही सम्पर्क करने का प्रयास किया। इन प्रश्नों के साथ विशेष प्रश्न यह है एक टीचर आई.पी.एस. कैसे बन गया। इन प्रश्नों के बीच तुम्हारे न आने से हम सभी साथी परेशान थे। प्रतीक्षा कर रहे थे। बात कन्वोकेशन डे की विशेषकर है, जब सभी साथियों की निगाहें उसी रास्ते पर लगी थी जहाँ से तुम्हें आना था, किन्तु उस दिन राज! तुम्हारी प्रतीक्षा में बेचैनी जो हम लोगों ने रिनिका में देखी वह नोट करने

वाली थी। बार- बार वह मुझे कुहनी मार कर कहती 'राज अभी तक नहीं आया।' तथा जब मैं कहती कि तुम कुछ अधिक ही परेशान हो राज के न आने से। अरे आता ही होगा। ट्रेन लेट हो गयी होगी! इस पर यह उत्तर देती कि अपना मित्र है साथी है तभी परेशान हूँ।' विस्तार से लतिका ने प्रश्नों के साथ सभी साथियों के उसके न आने पर मन के भाव बताये।

'मित्रों! मैं जब यहाँ से गया था तो अपने हृदय पर एक बोझ एक जख्म लेकर गया था और निश्चय किया था कि आप लोगों के बीच अब कभी वापस न लौटूंगा, यद्यपि मैं जानता था आप लोगों की याद बहुत सताएगी। छात्र जीवन की उन बीथियों पर जहाँ हम लोग एक साथ टहलते-घूमते हँसते बोलते थे। भला उन स्मृतियों को चाह कर भी भुलाया तो जा नहीं सकता। बताना कठिन है कि मेरे दिन और रातें कैसी बीतीं। तुम लोगों के चुटकुले, रिनिका की हँसी के ठहाके तथा जब मुझे आने में देर हो जाती तो उसका फ्रैंक अन्दाज़ में कहना कि 'हल्लो टार्जन' कहाँ रह गये थे। यह स्वर हर समय सोते जागते कानों से टकराते, गूँजते रहते। मैं गोरखपुर विश्वविद्यालय में पढ़ाने लगा था। किन्तु पढ़ाने में मन नहीं लगता था। तुम लोगों की स्मृतियों के जो पुष्प मैं अपने मन की माला में पिरोता रहा वह आज भी ताजा हैं। मेरा अन्तरमन उनकी महक से तुम लोगों के प्रेम तथा लगाव का एहसास दिलाता रहता है।' राज गंभीर तो पहले भी रहता था किन्तु आज अपने मित्रों के प्रश्नों का उत्तर देते समय उसकी वाणी में दर्द भरा था। आगे उसने कहा कि मैं टीचर से आई.पी.एस. अधिकारी कैसे बन गया वह भी बताता हूँ।'

'विश्वविद्यालय में पढ़ाने में मेरा मन तो लगता नहीं था। दुखी, सुस्त तथा चिन्तित भी रहता था। मेरे पिताजी गोरखपुर के मशहूर वैद्य हैं। एक दिन घर पर उनके घनिष्ट मित्र मोहनलाल मिश्र 'धीरज' एडवोकेट जो चकबन्दी व दीवानी के मशहूर वकील हैं, मिलने आये। उस समय पिताजी किसी रोगी को देखने उसके घर गये थे। मैं ही घर पर था तो वह उनकी प्रतीक्षा में मेरे पास बैठ गये तथा मुझसे पूछने लगे कि मैं क्या कर रहा हूँ? मैंने बताया कि मैं विश्वविद्यालय में बॉटनी का प्रोफेसर हूँ। वह मेरा उत्तर सुन कर कुछ देर मुझे देखते रहे फिर बोले! बेटे तुम्हारी जैसी पर्सनालिटी का व्यक्ति मास्टर बन कर रह जाय अच्छा नहीं लगा। मैंने पूछा तो क्या करूँ अंकल? तुम आई.पी.एस. कम्पटीशन में बैठो। तुम्हारा जन्म एडमिनिस्ट्रेटिव

अधिकारी बनने के लिये हुआ नहीं। और मैं आई.पी.एस. कम्पटीशन में बैठ गया तथा पहले ही अटेम्प्ट में सेलेक्ट हो गया! इसके उपरान्त ट्रेनिंग पर भेज दिया गया। ट्रेनिंग पूरी होने पर पहले गोंडा फिर बहराइच जनपदों में डिप्टी एस.पी.के तौर पर बतौर ट्रेनिंग पोस्टिंग हो गयी। मेरे पिता जी काफी पहुँच वाले व्यक्ति हैं। मैंने उनसे कहा कि मुझे लखनऊ ट्रांसफर पर भिजवा दीजिये। उन्होंने अपने रसूख से मेरी लखनऊ एस.पी.सिटी के पद पर पोस्टिंग करवा दी। यहाँ आकर तुम लोगों की यादों ने बेचैन करना प्रारम्भ कर दिया। तभी अचानक एक दिन ऑफिस में बैठा था कि गेट पर ड्यूटी पर लगा गनर एक विजिटिंग कार्ड लेकर अन्दर आया और मेरी टेबल पर रख दिया। कार्ड पर 'डॉ.रिनिका' लिखा देख कर उससे कहा भेज दो, और चिक हटाकर रिनिका सामने आकर खड़ी हो गयीं। मैंने इनके मुख पर कन्फ्यूजन के भाव पढ़ लिये। बैठिये। मैं राजेश्वर 'राज' हूँ। मैं मन ही मन सोचने लगा कि मेरा न मिलने का निश्चय शायद ईश्वर को स्वीकार नहीं। कहो रिनिका ठीक तो हो? किन्तु मेरे प्रश्न के उत्तर में इन्होंने पूछा, 'तुम इस पद पर? तुम तो ऐसे गये कि न खबर ली हम लोगों की, न अपनी खबर दी, इसी प्रकार कुछ आपसी बातों के उपरान्त मैंने पूछा कि आखिर तुम्हें यहाँ क्यों आना पड़ा? और इन्होंने मेरे सामने एक प्रार्थना पत्र रख दिया जो लखनऊ के माफिया डॉन बाबा घनश्याम तथा उसके गुर्गों के खिलाफ था। मैं पुनः सोचने लगा कि जीवन की राहों के मोड़ न चाहते हुए लोगों को मिला देते हैं। यहाँ तो यह कार्य ईश्वर ने एक बुरे व्यक्ति बाबा घनश्याम को बिछुड़ों का मिलाने का सौंप दिया। मैंने रिनिका से दो दिनों की मोहलत माँगी थी आप लोगों ने समाचार पत्रों में चित्र के साथ जिसमें मैंने अपना फ़ोटो छापने को मना कर दिया था बाबा घनश्याम उसके गुर्गे तथा अवैध कार्यों के अड्डों की तबाही उन सबकी गिरफ्तारी छपी थी, पढ़ा होगा! इस बाबा घनश्याम ने हम लोगों को पुनः मिला दिया और हम लोग यहाँ बैठे आज बातें कर रहे हैं।' राज ने विस्तार से अपने खोये हुए दिनों की आत्मकथा बयाँ कर दी। इस समय उसके मुख पर दर्द भरी प्रसन्नता के भाव स्पष्ट देखे जा सकते थे।

हाल में सन्नाटा छाया था। केवल राज अपनी आत्मकथा सुना रहा था और सब साथी चुप बैठे सुन रहे थे। जब वह अपनी कहानी सुना कर चुप हुआ तो थोड़ी देर तक हाल में सन्नाटा बना रहा किन्तु कुछ ही क्षणों बाद किशोर-लतिका, रितिक व

तनिष्का द्वारा धीमे स्वर में ताली बजा बजा कर कहना प्रारम्भ किया- वेलडन रिनिका, वेलडन रिनिका जो तुमने 'लापता को तलाश' कर हम लोगों से मिला दिया। सभी साथियों के मन, मित्र मिलन की प्रसन्नता के उपरान्त भी मन पर एक बोझ सा अनुभव कर रहे थे। लतिका ने राज से आँखों के इशारे से कुछ कहा और सोफे से उठ कर खड़ी होते हुए बोली, 'रिनिका तुम यहाँ ठहरो! हम लोग लॉन में टहल कर आते हैं।' सभी साथी अपने अपने स्थान से उठ कर लतिका के पीछे लॉन की ओर चले गये और हाल में आमने सामने निकट ही एकान्त में बैठे रह गये राज तथा रिनिका। दो प्रेमी जब पहली बार एकान्त में मिलते हैं तो दिलों की धड़कने बढ़ जाती है। बात करने में अधर थरथराने लगते हैं। शब्द मुख से निकल नहीं पाते। इस समय ऐसी ही कठिन परिस्थिति से गुजर रहे थे राज और रिनिका।

दोनों एक दूसरे के सामने स्तब्ध बैठे थे। रिनिका के अधर राज से कुछ कहने को थरथरा तो रहे थे। किन्तु वह राज के समक्ष कुछ बोल पाने में स्वयं को असमर्थ पा रही थी। उसकी दृष्टि ज़मीन पर गड़ी थी। हाथ सोफे के हत्थे को जकड़े हुए थे। राज चुप बैठा केवल रिनिका को निहारे जा रहा था। उसके मानस पटल से कॉफी हाउस में रिनिका द्वारा दिया गया उत्तर बार-बार टकरा रहा था। किन्तु वर्तमान में रिनिका केस की पूरी फाइल लतिका पढ़ कर सुना चुकी थी तथा यह प्रॉमिस लिया था कि तुम पुरुष हो विषय का प्रारम्भ तुम करना। स्त्री तो संकोची, शर्मीली होती है। जो कुछ वह चाहती है, वह भी पुरुष से कह नहीं पाती।

अत: राज ने हिम्मत बटोर कर संकोच के साथ रिनिका से पूछा, 'तुमने शादी क्यों नहीं की? लतिका बता रही थी कि अच्छे-अच्छे रिश्ते तुम्हारे लिये आये किन्तु तुमने इनकार कर दिया। इसका क्या कारण था?' रिनिका के कानों में राज के मुख से निकले यह गंभीर शब्द टकराये तो रिनिका भी कुछ होश में आ गयी।

'टार्जन नहीं मिला।' रिनिका ने दृष्टि धरती पर जमाए हुए धीमे तथा संकोची स्वर में उत्तर दिया।

'वह तो जंगलों में रहता है। वन विभाग के अधिकारियों से कह देती। वह लोग उसे पकड़ कर तुम्हें दे देते।'

राज ने मुस्कुरा कर रिनिका को राय दी।

'मेरा टार्जन जंगलों में नहीं। हम लोगों के साथ रहता था। बीच के दिनों में पता नहीं कहाँ चला गया था।' कुछ शर्माते कुछ सकुचाते हुए दृष्टि नीची किये रिनिका ने उत्तर दिया।

'तुमने शादी क्यों नहीं की ? रिश्ते तो आये होंगे।' रिनिका ने प्रश्न किया।

'रिश्ते भी बहुत आये। फ़ोटो बहुत आये किन्तु मैंने आज तक फ़ोटो का एक भी लिफाफा न खोला न ही फ़ोटो देखी। माता-पिता नाराज़ भी हुए किन्तु उनको नयी नौकरी बता कर समझा लिया।' राज ने गंभीरतापूर्वक उत्तर दिया।

'इसका क्या कारण था, जो तुमने इतने अच्छे रिश्तों से इनकार कर दिया।'

'हाँ भी कर देता तो लाभ ही क्या था। कोई लड़की मुझसे शादी करने को तैयार ही कहाँ होती। मुझसे तो कोई पागल लड़की ही शादी कर सकती है, और वह पागल लड़की अभी तक तो मिली नहीं, जो मुझसे शादी करती। यही कारण है जो उस पागल लड़की की प्रतीक्षा में जीवन बिता रहा हूँ। देखो! वह पागल लड़की मुझे मिलती भी है अथवा नहीं।' कहते समय राज के चेहरे पर गंभीरता तथा लहजा साधारण था।

कुछ लम्हों तक वातावरण में स्तब्धता छायी रही। इतना सन्नाटा कि दोनों के दिलों की धड़कनों की आवाज़ तक सुनाई दे रही थी। रिनिका के शरीर में कम्पन अनुभव होने लगे। सोफे के हत्थों पर उसकी हथेलियों की पकड़ मज़बूत होने लगी। अधर कुछ कहने के थरथराने लगे। उसके मस्तक पर पसीने की बूंदें छलक आयी और अचानक उसके मुख से यह शब्द फूट पड़े, 'मैं ही तो हूँ वह पागल लड़की।'

राज अपने स्थान से उठ कर खड़े होते हुए रिनिका की ओर बढ़ गया रिनिका भी अपनी सीट से उठ कर खड़ी हो गयी।

'मैं कब से प्रतीक्षा कर रहा हूँ तुम्हारे इस उत्तर का, सारा जीवन तुम्हारे उत्तर की प्रतीक्षा में व्यतीत कर देता किन्तु शादी न करता।' राज ने गंभीरता पूर्वक कहा! 'और मैं भी।' कहते हुए रिनिका की आँखों में तैरते हुए आँसू की दो बूंद टपक पड़ी किन्तु उन्हें धरती पर गिरने से पहले ही राज ने अपनी हथेली पर ले लिया। और उन आँसुओं के कतरों को अपने सीने से लगाते हुए बोला, 'तुम्हारे यह आँसू हमारे हृदय के जख्मों पर मरहम हैं। अब तुम्हारी आँखों से आँसू नहीं पुष्प बरसेंगे।'

उसी समय मित्र मण्डली लॉन में टहलने के बहाने वहाँ से हट गयी थी अचानक हाल के अन्दर आ गयी तथा बधाइयाँ देती खुशियाँ मनाती दोनों को अपने घेरे में लेकर डांस करने लगी। वह दोनों राज तथा रिनिका जैसे जुर्म साबित हो जाने पर मुजरिमों की भाँति कैदी बने खड़े थे।

गोरखपुर से लखनऊ तक शहनाइयाँ गूँजने लगी। वर्षों से अंधेरे में धड़कते दिलों में प्रकाश की किरणें फूटी थीं। जीवन में छाये अंधेरे दूर हो गये, जब दो बिछुड़े दिल मिल कर एक दूसरे में समा गये।

एक दिल हज़ार अरमान

मेरी हाईस्कूल परीक्षा समाप्त होते ही अपने गाँव जाने की तैयारियाँ होने लगी। तभी माँ ने पिताजी से कहा, 'हम लोगों को कानपुर देवरजी के घर पहुँचा दीजिये, वहाँ कुछ पर्चेजिंग करके तीन चार दिन बाद उनके परिवार के साथ ही गाँव चले जाएंगे।' अत: पिताजी ने अपने छोटे भाई के घर कानपुर हम लोगों को पहुँचा दिया और स्वयं ड्यूटी पर लखनऊ वापस लौट गये।

महिलाओं में एक आदत होती है कि जब कोई रिश्तेदार उनके घर आता है तो वह अपने मित्र परिवारों से उसे अवश्य मिलवाती हैं। कानपुर चाचा के घर पहुंचने के दूसरे दिन चाची ने मेरी माँ से कहा, 'चलिये भाभी आप को अपनी एक बहुत खास मिलने वाली के घर ले चलें।'

'नहीं! मैं घर में रहूँगी मेरे सिर में दर्द है। अपने भतीजे को साथ ले जाओ।' और चाची अपनी एक घनिष्ट सहेली के घर मुझे साथ लेकर पहुँच गयीं। उनके घर में उनकी सहेली, उनके पति तथा उनकी तीन पुत्रियाँ थीं। उनके घर हम लोग पहुँचे तो उन लोगों ने चाची का बहुत आदर व सम्मान किया तथा पूछा, 'यह लड़का कौन है?' 'लखनऊ में पोस्ट मेरे जेठ का इकलौता बेटा है। हाईस्कूल की परीक्षा देकर आया है।' चाची ने उन्हें बताया।

'अरे! हाईस्कूल की परीक्षा तो मैंने भी दी है।' उनकी छोटी बेटी बीच ही में बेहिचक बोल पड़ी, 'अच्छा तो तुम वहाँ किस स्कूल में पढ़ते हो?' बहुत चंचल थी वह। बेहिचक बातें करने लगी।

'जी.आई.सी. में।' मेरा छोटा सा उत्तर था।

'लखनऊ तो बहुत अच्छा शहर है। तुम तो वहाँ खूब घूमते होगे? वहाँ बहुत अच्छा लगता होगा।' फ्रैंक होकर हँसते हुए उसने मुझ से पूछा। मैं अत्यन्त संकोची तथा लड़कियों से बात करने में झिझक अनुभव करने वाले स्वभाव का लड़का था। अत: मैं उसके प्रश्नों का केवल उत्तर देता रहा, किन्तु मैंने उससे कोई प्रश्न नहीं

किया। मैंने केवल यह अवश्य कहा, 'कानपुर भी तो महानगर तथा बड़ा शहर है। इसे तो एशिया का मैनचेस्टर कहा जाता है।' 'अरे हटो! लेबर सिटी है। सड़कों, गलियों में गंदगी के ढेर तथा रोड पर चलते लोगों की गाली गलौज की भाषा शैली, यही है सभ्यता यहाँ की। लखनऊ तो सभ्यता का प्यारा नवाबी शहर है जो प्रदेश की राजधानी है। मेरा तो बहुत मन करता है वहाँ घूमने जाऊं।' वह बोलती चली गयी और मैं चुप बैठा सुनता रहा। उसकी बातों में भोलापन, अपनत्व तथा एक आकर्षण सा महसूस होने लगा मुझे।

मेरी चाची और उसके माता-पिता के बीच जो बातें होती रहीं वह मैंने नहीं सुनी। उसकी बड़ी बहनें गंभीर मुद्रा में बैठी रही, बीच-बीच में चाची से वह लोग भी बातें करने लगती। मैं तथा वह लड़की बातों में फ्रैंक होते चले गये। हमारे बीच इधर उधर की बातें होती रही।

वह बोली 'यह घर वाले तो न कही घूमने जाते हैं, और न मुझे ले जाते हैं। मैं आण्टी के साथ लखनऊ तुम्हारे घर आऊँगी। तुम मुझे घुमा देना। सुना है वहाँ जू-म्यूज़ियम, हज़रतगंज, अमीनाबाद, इमामबाड़े बहुत अच्छे हैं। बड़ा अरमान है वह सब देखने व घूमने का। तुम मुझे हर जगह घुमा दोगे न?'

'हाँ, घुमा दूँगा।' मैंने हामी भरी।

'तुम तो अपने मित्रों के साथ घूमने जाते होंगे?'

'हाँ।'

'मैं तुम्हारे मित्रों के साथ घूमने नहीं जाऊँगी। मेरे साथ तुम ही चलना।' वह बेहिचक बोल रही थी। तभी उसकी बहन ने टोका, 'बहुत बोलती है। इतनी देर से बोलती ही चली जा रही है।' 'मैंने कुछ गलत बोला क्या? मैं तो ठीक ठीक ही बोल रही हूँ।' उसने बड़ी बहन को उत्तर दिया। 'तू गलत बोलती ही कहाँ है। अच्छा बोल जो तेरे मुँह में आये।' कह कर बड़ी बहन चुप हो गयीं। बातों के बीच चाची ने उनके माता-पिता को बताया 'कल प्रातः बालामऊ ट्रेन से हम सब लोग अपने गाँव चले जाएंगे। बस फिर क्या था, गाँव जाने की बात सुन कर वह भी अपने माता-पिता से जिद कर बैठी, 'हम लोगों ने कभी गाँव नहीं देखा है। अपनी बहनों से बोली कि हम लोगों ने न गाँव देखा, न बाग और नहीं खेत देखे।' बड़ी बहनों ने भी माता-पिता से आण्टी के साथ उनके गाँव जाने की बात पर ज़ोर दिया। उनके माता-पिता को आण्टी पर विश्वास था अतः पुत्रियों को जाने की हामी भर दी।

मेरा व चाची का परिवार तथा वह तीनों लड़कियाँ प्रातः बालामऊ ट्रेन से सवार होकर गाँव के लिये चल दिये। लगभग तीन साढ़े तीन घंटे का सफर तय करके ट्रेन गंजमुरादाबाद रेलवे स्टेशन पर पहुँच कर रुक गयी, जहाँ हमारे चाचा जो गाँव की जमींदारी व खेती का कार्य संभालते थे स्टेशन पर मौजूद थे तथा उनके साथ जो लोग आये थे उन्होंने फुर्ती से ट्रेन से सब सामान उतारा जिसे साथ में लायी दो बैलगाड़ियों में लाद कर सब महिलायें व लड़कियों को भी बैलगाड़ियों पर बैठा दिया गया। मैं चाचा के साथ दूसरी बैलगाड़ी में जिस पर माँ बैठी थीं बैठ गया। हकवाहों ने बैल गाड़ियाँ हाँक कर रास्ते पर डाल दीं। बैलों के घुँघरुओं की छुनछुन के साथ गाड़ियाँ आगे बढ़ने लगीं। वह लड़कियाँ बैलगाड़ी में पहली बार बैठी थीं, तभी तो जब धक्का लगता तो चिल्ला देती और जब बैल दौड़ते तो ताली बजा कर खुश होतीं। आधा घंटा बाद बैलगाड़ियाँ गाँव में घर के दरवाजे पर पहुँच कर रुक गयीं। सभी लोग व रिश्तेदारी की लड़कियाँ मौजूद थीं! आने वालों का आदर सत्कार हुआ जब कि बाहरी केवल वह तीनों लड़कियाँ ही थी। बाकी सब घर के ही लोग थे।

दूसरे दिन प्रातः छोटी चाची ने अपने जेठ जी जो गाँव की खेती का कार्य संभालते थे, उनसे कहा, 'यह लड़कियाँ जो मेरे साथ आयी हैं यह पहली बार गाँव आयी हैं। यह लोग आम का बाग घूमना चाहती हैं तथा नहर नहाना चाहती हैं।'

'अच्छा तो आज शाम को पहले चल कर बाग देख लो तथा कल नहर का कार्यक्रम रहेगा।' चाचा ने चाची से कहा।

शाम होते ही दो बैल गाड़ियाँ दरवाजों पर आकर खड़ी हो गयीं। जिन पर दोनों चाची, कानपुरवाली लड़कियाँ सब लोग बैठ गयीं। हकवाहों ने बैल गाड़ियाँ बाग की ओर जाने वाले गलियारे पर डाल कर हाँक दीं। चाँदनी रात में सफेद चादर की भाँति चाँदनी बिछी थी। चाचा, मैं व परिवार के लड़के बैल गाड़ियों के साथ पैदल चल रहे थे तथा लठैत गाड़ियों के आगे व पीछे घेर कर चल रहे थे। बैलगाड़ियों को हकवाहे जब दौड़ाते तो बैलों के गले में बंधे घुँघरुओं की छुनछुन के बीच लड़कियों का हँसी ठट्ठे के स्वर निकालना बता रहा था कि इन्होंने बैलगाड़ी का सफर पहली बार किया है। बाग आ गया। बैल गाड़ियाँ बाग के किनारे खड़ी हो गयी। बाग के अन्दर पशुओं तथा लोगों को जाने से रोकने हेतु बाग के चारों ओर बबूल तथा झरबेरी के काँटों की बाढ़ लगा दी गयी थी। जिसे लठैत अपनी लाठियों से हटा कर बाग के अन्दर जाने का रास्ता साफ कर रहे थे। तभी मैंने भी बबूल के काँटों का

एक झाड़ हाथ से हटाना चाहा तो बबूल का एक बड़ा काँटा मेरी उंगली में चुभ गया जिसे शीघ्र ही एक लठैत ने उंगली पकड़ कर बाहर खींच लिया। काँटा निकलते ही उंगली से रक्त बहने लगा। उसी समय कानपुर वाली लड़कियों की छोटी बहन ने फुर्ती से आकर कहा, 'अरे! यह तो बहुत रक्त बह रहा है और उसने उंगली का रक्त अपने दुपट्टे से पोंछ कर मेरी उंगली अपने मुँह में ले ली तथा इसके कुछ देर उपरान्त उंगली अपने मुँह से बाहर निकाली अपने मुँह में आया रक्त थूका और अपना दुपट्टा फाड़ कर मेरी उंगली में पट्टी बाँध दी। यह दृश्य सभी लोग देख रहे थे।

इस दृश्य को देख कर मेरी रिश्तेदारी की एक लड़की जिसके साथ कुछ लोगों ने मेरे साथ रिश्ते की बात मेरी माँ से की थी किन्तु माँ ने यह कह कर टाल दिया था कि अभी इन दोनों की उम्र ही क्या है, जो शादी की बात की जाय। उस लड़की ने दूसरी रिश्तेदार की लड़की से क्रोध में आकर कहा, 'कल की आयी इन्हें इतनी हमदर्दी आ गयी कि दुपट्टा तक फाड़ कर पट्टी बाँध दी।' उत्तर में उस रिश्तेदार लड़की ने मुस्कुराते हुए कहा, 'रक्त तो बह ही रहा है। इस स्थिति में उस लड़की ने हमदर्दी में यदि पट्टी बाँध दी तो बुरा क्या किया।'

इस दूसरी लड़की से ही आगे चल कर मेरा विवाह हो गया जो आज मेरे साथ है। मेरे बच्चों की माँ है। उस लड़की ने मेरी उंगली में पट्टी बाँधने के बाद मुझे निर्देश दिया था कि देखभाल कर काम करना चाहिये।

आकाश में चमक रहे चन्द्रमा की चाँदनी बाग के अन्दर आम के वृक्षों के पत्तों के बीच से छन छन कर आ रही थी तथा वृक्षों के बीच जहाँ फासला था वहाँ चाँदनी छटा बिखेर रही थी। लठैत बाग के चारों ओर घेर कर बैठ गये। दोनों चाची कभी किसी स्थान पर बैठ जाती तो कभी टहलने लगती किन्तु सभी लड़कियाँ प्रसन्नता से बाग के अन्दर छलांगे मारने लगीं। जिन वृक्षों की डालें झुकी तथा बिल्कुल नीची ज़मीन के पैरलल थीं, उन पर महिलायें तथा लड़कियाँ बैठ गयीं। कोई आम तोड़ रही थी तो कोई आम चूसने में जुटी थी। छोटी चाची ने बताया कि कानपुर से जो तीनों लड़कियाँ हमारे साथ आयी हैं गाना बहुत अच्छा गाती हैं। इनका स्वर बिना संगीत के संगीतमय होता है। बड़ी चाची ने छोटी चाची से कहा कि इनका गाना सुनवाओ। छोटी चाची के कहने पर उन दोनों बड़ी बहनों ने बारी बारी गीत सुनाये। उनके स्वर गीतों से बाग का वातावरण ऐसा मनमोहक हो गया कि सभी लोग अपनी सुध खो बैठे। मैं कुछ दूरी पर आम के वृक्ष की एक नीची डाल पर बैठा उनके गीत

सुन रहा था। तभी मेरे निकट उनकी छोटी बहन आकर खड़ी हो गयी और मुझसे पूछा, 'तुम यहाँ अकेले बैठे हो?'

'हाँ! मुझे एकान्त पसन्द है।'

'मुझे तो एकान्त में उलझन होती है। खूब चहल पहल पसन्द है मुझे। इच्छाओं का समुद्र उबाल मारता रहता है किन्तु क्या करूँ यहाँ तो 'एक दिल है और हज़ार अरमान हैं', देखो पूरे होते भी हैं या नहीं।' चंचलता के साथ वह कहती रही और मैं सुनता रहा। मैंने उसे दृष्टि गड़ा कर देखा, और सोचने लगा, 'यह तो महत्वाकांक्षी लड़की है। सभी सुख-सुविधाएं अपने दामन में समेट लेना चाहती है।' किन्तु उसकी बातों का उत्तर न देकर मैंने पूछा, 'तुमने गीत नहीं सुनाया? सुना है तुम बहुत अच्छा गाती हो?' 'अच्छा वच्छा क्या! हाँ गा लेती हूँ। वहाँ मुझसे किसी ने कहा ही नहीं जो मैं गाती।' वह बोली 'यदि मैं कहूँ तो क्या गा सकती हो?' संकोचवश मैंने कहा।

'तुम कहो और मैं न गाऊँ यह तो हो ही नहीं सकता।' मुस्कुराते हुए उसने उत्तर दिया।

'तो सुनाओ कोई ऐसा गीत जो दिल की गहराइयों में उतरता चला जाय।' मैंने भी मुस्कुराकर कहा। तथा जिस डाल पर मैं अधलेटा सा मैं बैठा था। उतर कर नीचे खड़ा हो गया और वह छलाँग मार कर उसी डाल पर बैठ गयी। तथा पेड़ का टेक लगा कर जो उसने गीत गाना शुरू किया तो ऐसा लगा कि जलतरंग बज उठा हो। पहले तो बाग में अपनी-अपनी मस्ती में टहलती लड़कियाँ, महिलाएं, लड़के व पुरुष सभी चौंक पड़े। उसका कोयल सरीखा स्वर जिसमें इतना आकर्षण कि पशु पक्षी भी आकर उसे घेर लें। बाग में उपस्थित सभी लोग धीमे धीमे कदम बढ़ाते उसकी ओर खिंचते चले गये और उसे घेर कर खड़े हो गये। मुझे कुछ ऐसा महसूस होने लगा कि गीत के माध्यम से वह मुझसे अपने मन की बात स्पष्ट कर देना चाहती है। दोनों चाची तथा चाचा तो कुछ दूरी पर ही खड़े रहे तथा सभी लड़कियाँ व लड़के उसे घेर कर खड़े हो गये, केवल वह लड़की दूर खड़ी रही जिसे इस लड़की द्वारा मेरी उंगली पर पट्टी बाँधना बुरा लगा था। उसने दो गीत सुनाये। उसके सुरीले स्वर में गाये गीतों में दिलों की धड़कने रोक देने की शक्ति थी। जब उसने गाना समाप्त किया तो आहिस्ता आहिस्ता वहाँ से सभी लड़कियाँ तथा लड़के हट कर बाग में घूमने टहलने लगे। केवल मैं और वह वहाँ पर रह गये।

‘तुम्हारी आवाज़ में जादू है। इतना आकर्षण कि आकाश में उड़ती हुई चिड़ियाँ नीचे आकर तुम्हें घेर लें। इंसानों के दिलों की धड़कने रुकने लगें, अच्छा भला इंसान दीवाना हो जाय।’ मैंने उसकी प्रशंसा की।

‘तुम हुए?’

मैंने उसके प्रश्न का उत्तर न देकर कहा, ‘वास्तव में बड़ा आकर्षक है तुम्हारा स्वर। बहुत अच्छा गाती हो।’

‘तुम भी बहुत अच्छी हो। जो अच्छा है वह सभी को अच्छा लगता है।’ मैंने उत्तर दिया।

‘मैंने तुमसे पूछा है। सबकी पसंद बताने की आवश्यकता नहीं है। न ही मुझे औरों की परवाह है।’ उसने चेहरे पर बल डालते हुए कहा।

‘तुम तो बहुत अच्छी हो।’ मैंने उसके चेहरे के बल देखते हुए मुस्कुरा कर उत्तर दिया।

इसी बीच चाचा की गरजदार आवाज़ आयी, ‘चलो लड़कियों! बहुत देर हो गयी। चलो सब बैलगाड़ियों पर बैठ जाओ।’ बैल गाड़ियाँ चल दी, हम लोग चाचा के साथ पैदल चल रहे थे। लठैत आगे पीछे चल रहे थे। बैल गाड़ियाँ कभी धीमी चलती तो कभी दौड़ लगा देती तथा हिचकोले और धक्के लगने पर लड़कियाँ आवाज निकाल देतीं। बैलगाड़ियाँ जब दौड़ती तो खूब हो हल्ला मचाती। कानपुर वाली लड़कियों ने पहली बार गाँव व बाग देखा था। तथा बैलगाड़ी में भी पहली बार ही बैठी थीं। उन्होंने ने तो बैलगाड़ियाँ फिल्मों में देखी थीं, वास्तविकता में तो मेरे गाँव आकर ही देखी।

कानपुर वाली तीन लड़कियों के माता-पिता ने अपनी छोटी लड़की के साथ मेरा रिश्ता करवाने की बात चाची से की थी। चाची मेरी माँ से इस रिश्ते के विषय में बता कर बोली, ‘सब कुछ तो ठीक है। लड़की अच्छी है किन्तु वंश में कुछ फॉल्ट है। अत: रिश्ते से स्पष्ट इनकार करने में सम्बन्ध बिगड़ जाएंगे। टालने वाली बात की जाय।’

दूसरे दिन सायंकाल चाचा ने दो बैलगाड़ियाँ तैयार करवा कर दोनों चाची व सब लड़कियों को उनमें बैठा कर नहर की ओर प्रस्थान किया। परिवार के लड़के चाचा के साथ पैदल चल रहे थे। लठैत गाड़ियों के आगे पीछे चल रहे थे। मैं चाचा के साथ

तो चल रहा था किन्तु मेरे मानस पटल से उस लड़की द्वारा कहे शब्द बार बार टकरा रहे थे। बाग में जब मैं एक डाल पर अकेला बैठा था तो उस लड़की ने आकर पूछा था कि अरे! तुम अकेले बैठे हो? और मेरे इस उत्तर पर कि मुझे एकान्त पसंद है, पर जो कुछ उसने कहा वह भूल नहीं पा रहा हूँ। वह बोली कि तुम्हें एकान्त पसंद है किन्तु मुझे तो एकान्त में उलझन होती है। खूब चहल पहल पसंद है। इच्छाओं का समुद्र उबाल मारता रहता है किन्तु क्या करूँ यहाँ तो 'एक दिल है और हज़ार अरमान है।' देखो पूरे होते भी हैं अथवा नहीं। वह चंचलता से कहती रही मैं सुनता रहा। मैंने उसे दृष्टि गड़ा कर देखा, सोचा यह तो महत्वाकाँक्षी लड़की है सभी सुख अपने दामन में समेट लेना चाहती है। मेरे मानस पटल पर बाग में कही उसकी यह बातें बार-बार टकरा रही थीं तभी चाचा की आवाज़ सुनी बोले, 'रोक दो बैल गाड़ियाँ नहर आ गयी है।' मैं चौंक पड़ा कल बाग में हुई बातें बिखर गयीं। आ गयी सामने नहर। चाचा के आदेश पर लठैत दूर जाकर नहर को घेर कर बैठ गये, तथा पुलिया से पहले लड़कियों को दोनों चाची की देख रेख में नहाने को कहा। लड़कियाँ मौज मस्ती के साथ नहाने लगीं। चाचा स्वयं व परिवार के लड़कों को लेकर पुलिया के दूसरी ओर काफी आगे बढ़ गये जहाँ लड़के भी नहाने लगे। लड़कियाँ जब पानी में खूब खिलवाड़ करते हुए नहाने में थक गयीं, तो कपड़े बदल कर अपने ही खेतों में जहाँ चना बोया था तथा गन्ना भी लगा था। कोई तो गन्ना तोड़कर चूसने लगी तो कुछ लड़कियाँ हरे चने के पेड़ उखाड़ कर चने खाने लगीं। इसके उपरान्त बैलगाड़ियों में बैठकर सब लोग घर वापस आ गये।

दो तीन दिन गाँव में रहने के उपरान्त कानपुर वाली चाची उन तीनों बहनों को लेकर कानपुर जाने को तैयार हो गयीं। प्रात: वाली बालामऊ टु कानपुर जाने वाली ट्रेन से जाना था। बैलगाड़ियों पर बैठ कर उन लोगों के साथ मैं भी स्टेशन पहुँचा। ट्रेन आने में थोड़ा समय बाकी था। वह लड़की सबसे अलग हट कर मुझसे बोली, 'तुम्हारा गाँव, घर, बाग, नहर, खेत सब कुछ मुझे बहुत पसंद है। मेरा मन तो यहाँ से जाने को चाह नहीं रहा है। मेरी बहनें ही मुझे लिये जा रही हैं। रुकने नहीं दे रही हैं। मेरा मन तो यहाँ रहने को चाह रहा है।'

'किसने कहा कि जाओ? रुक जाओ न! वापस लौट चलो मेरे साथ।' मैंने भी कह दिया।

'अरे! तुम भी अजीब हो! किसी पराये घर में किसी लड़की का यूँ ही रहना कोई अच्छा माना जाता है। लड़की तो पराये घर में जब तक सिस्टम से नहीं जाती तब तक कैसे रुक सकती है।' वह मुझे गौर से देखते हुए कहती रही। मेरे उत्तर देने से पहले ही ट्रेन धड़धड़ाती हुई प्लेटफार्म पर आकर रुक गयी तथा शीघ्र ही चाची सबको साथ लेकर ट्रेन में बैठ गयीं। ट्रेन रेंगने लगी तो उस लड़की ने मुझसे हाथ हिला कर कहा, 'कानपुर आना जरूर।'

मैंने भी हाथ हिलाते हुए सिर हिला कर कहा, 'अच्छा।'

समय एक बिन्दु पर ठहरता नहीं। एक वर्ष, दो वर्ष, तीन वर्ष गुजरते चले गये किन्तु मेरा कानपुर जाना नहीं हुआ। तीन वर्ष उपरान्त मुझे आवश्यक कार्य से कानपुर जाना पड़ा। वह कार्य निबटा कर मैं चाचा के घर चला गया। चाची मुझे देख कर प्रसन्न हो गयीं। चाचा अपने बिजनेस कार्य से कहीं गये हुए थे। जब मैं चाची के घर पहुँचा तो वह लड़की चाची के घर पर उनके पास ही बैठी थी। इतने वर्षों बाद उस लड़की में पूर्ण रूप से युवावस्था के बदलाव दिखे। पहले से अधिक आकर्षक और सुन्दर लग रही थी वह। मुझे देखते ही उसका चेहरा खिल गया, किन्तु तुरन्त ही मुरझा गया। चाची मेरे लिये चाय बनाने किचन में चली गयीं। तब वह मुझ पर ऐसे बिफर पड़ी जिस प्रकार समुद्र जब शान्त होता है तब समझ लो तूफान आने वाला है। इसी प्रकार इतने वर्षों की उसकी खामोश प्रतीक्षा जैसे तूफान ले आयी हो। इसी प्रकार वह मुझ पर बिफर पड़ी, 'मेरा रिश्ता तय हो गया है लड़का एयरफोर्स में है। मैं तो तुमसे शादी करना चाहती थी। मैंने तुमसे बहुत बातें की, हर प्रकार से तुमको जताया कि मैं तुम्हें पसन्द करती हूँ। चाहने लगी हूँ। तुम भी तो मेरी तथा मेरे गीतों की स्वर की दिल खोल कर प्रशंसा करते रहे। जब तुम मेरे निकट होते तुम्हारी अच्छी अच्छी बातें, मुस्कुरा कर बात करना, यह कहना कि तुम बहुत अच्छी हो, मेरे दिल की गहराइयों में उतरती चली गयीं, और मैं तुम्हें चाहने लगी। अतीत के वह साथ गुजारे लम्हे जो तुम्हारे गाँव में, बाग में, नहर पर और वापसी में रेलवे स्टेशन पर बीते वह मेरे रोम रोम में, हृदय में उतरते चले गये। और मैं जब कानपुर वापस आयी तो तुम्हारी प्रतीक्षा में मगन रहने लगी। तुम्हारे साथ वह बीते पल मेरे मन में गुदगुदी करने लगे और मैं तुम्हारे प्रेम में सराबोर दुनिया वालों, घरवालों से कटी कटी रहने लगी। मुझे क्या मालूम था कि मैं कटी पतंग की भाँति हवा में डोलती रह जाऊँगी, तुम्हारी प्रतीक्षा में! किन्तु तुम नहीं आये न ही कोई संदेश आया

तुम्हारा। मेरे रिश्ते आने लगे। मैं इनकार करती रही। माता-पिता दोनों मेरे मनोभावों को समझ चुके थे। एक दिन माताजी ने कहा, 'तू मूर्ख है, जिस लड़के के लिये दीवानी हो रही है वह तो तीन वर्षों में न लौट कर आया, न ही उसने कोई चिट्ठी भेजी। यदि तू उसके मन में होती तो वह अवश्य लौट कर आता। जीवन बर्बाद करने से कोई लाभ नहीं। यह लड़का भी अच्छा है, एयरफोर्स में है, तू हाँ कर दे यही मेरी और तेरे पिता की इच्छा है।' और मुझे हाँ करनी पड़ी, किन्तु यह भी सत्य है कि पहला प्रेम भुलाया नहीं जा सकता।' वह कहती चली गयी उसकी आँखें भीग आयी थीं। मैं सुनता रहा।

'अब तो तुम्हारे हज़ार अरमान पूरे हो ही जाएंगे जब हवाई जहाज़ पर उड़ोगी।' मैंने कहा तब तक चाची चाय लेकर आ गयीं। उसने चाय नहीं पी। चाची से कह कर चली गयीं, 'अच्छा आण्टी चलती हूँ।' वह घर से बाहर जाने के लिये द्वार की ओर थके-थके कदम बढ़ाती जा रही थी और मैं शर्मिन्दा नजरों से उसे जाता हुआ देख रहा था। वह द्वार से बाहर निकल गयी। मेरा मन भारी हो चुका था। चाची की लायी हुई चाय तो किसी प्रकार पी ली किन्तु नाश्ता नहीं लिया।

उसकी बातें याद आयीं तो सोचता चला गया, जीवन के हज़ार रंग होते है, जो समय, आयु तथा परिस्थितियों के अनुसार बदलते रहते हैं। दिन रात बदलते हैं, हालात बदलते हैं, खयालात बदलते हैं। मनुष्य इच्छाओं का दास है। इच्छाएँ कभी कम नहीं होती। एक इच्छा पूरी होती है तो दूसरी सिर उठाये सामने आकर खड़ी हो जाती है। मनुष्य का शरीर एक, मन एक तथा हृदय भी एक ही होता है किन्तु उसके हृदय में पलने वाली इच्छाएँ हज़ारों होती है। जिनका पूरा होना अथवा न पूरा होना ईश्वर की कृपा पर ही निर्भर होता है। और यहाँ से ही जन्म लेती हैं कहानियाँ। कुछ कहानियाँ पूरी होकर अंजाम तक पहुँच जाती हैं किन्तु कुछ कहानियाँ अधूरी रह कर दम तोड़ जाती हैं। और यह कहानी भी अधूरी ही रह गयी।

समय का पहिया घूमता रहा। मेरी माँ ने उस दूसरी लड़की को मेरे लिये पसंद किया, जिस लड़की से गाँव में दूसरी रिश्तेदार लड़की ने क्रोध में आकर कानपुर से आयी लड़की द्वारा मेरी उंगली में पट्टी बाँधने पर कहा था, 'कल की आयी, इन्हें बड़ी हमदर्दी हो गयी।' तब जिस लड़की ने मुस्कुरा कर उत्तर दिया था, 'रक्त तो बह ही रहा है। इस स्थिति में उस लड़की ने हमदर्दी में पट्टी बाँध दी तो बुरा क्या किया।' इसी लड़की के साथ जिसने यह उत्तर दिया था, मेरी माँ ने मेरा विवाह कर दिया।

पिताजी के रिटायरमेंट के बाद कुछ समय गाँव में रहने के उपरान्त जब बच्चे स्कूल जाने योग्य होने लगे तो उनकी शिक्षा के उद्देश्य से हमारा परिवार जनपद मुख्यालय उन्नाव आकर रहने लगा। एक बार चाची उन्नाव आयी थी, तो उन्होंने बताया था कि वह लड़की भी उन्नाव में ही ब्याह कर आयी है।

कुछ समय उपरान्त कानपुर से चाची का फोन आया, 'तीसरी डिलीवरी होते समय उस लड़की का निधन हो गया।'

यह खबर सुन कर मुझे, मेरी माँ तथा पत्नी सभी को बहुत दुख हुआ। मैं कुछ देर के लिये अतीत के उन लम्हों में खो गया जब उससे मेरी पहली मुलाकात हुई थी। उसका बेहिचक मुझसे हर बात कह देना, खूब हँसना, चंचलता पूर्ण बातें करना, बाग में अपने मन की हर बात खुलकर स्पष्ट कह देना। एक बार तो वह बिफर कर बोली क्या बताऊँ 'एक दिल है और हज़ार अरमान हैं।' तभी मेरी पत्नी ने कुहनी मार कर कहा, 'कहाँ खो गये?'

'कहीं तो नहीं।'

'उसके हज़ार अरमानों में भले ही सब पूरे हो गये हों, किन्तु उसका एक अरमान पूरा न हो सका।' धीमे स्वर में पत्नी ने कहा।

मैंने चौंकते हुए पूछा, 'क्या कहा?'

उसने कहा, 'कुछ नहीं।'

●●●

लेखक परिचय

नाम : डॉ.एम.ए.बेग 'राही'

उत्तर प्रदेश सरकार द्वारा प्रशस्ति पत्र प्राप्त पूर्व मेडिकल इग्ज़ामिनर-एल.आई.सी.

चिकित्सक हड़ताल काल में- जिला चिकित्सालय में चिकित्साधिकारी पद पर रहकर रोगियों की बिना वेतन फ्री सेवा की।

हिन्दी साप्ताहिक 'राही एक्सप्रेस' समाचार पत्र का सम्पादन व प्रकाशन किया।

पिता: स्मृति शेष- मुमताज़ अली बेग पुलिस ऑफिसर

माता: स्मृति शेष- श्रीमती ताहिरा खातून

वर्तमान निवास: 'मुग़ल हाउस', 77, भूरीदेवी (चौघराना), उन्नाव जनपद- उन्नाव- 209801, उत्तर प्रदेश

मूल निवास तथा जन्म स्थान: ग्राम-बरौंकी, तहसील-बाँगरमऊ जनपद- उन्नाव (उत्तर प्रदेश)

शैक्षणिक योग्यता: विशारद, बैचलर ऑफ़ मेडिसिंस एण्ड सर्जरी-(लखनऊ)

लेखन: विद्यार्थी जीवन से प्रकाशित कहानियाँ- अप्रत्याशित, दर्द डायरी का, तुम याद आ गये, आदि-आदि तथा आलेख व गज़लें

प्रकाश्य: कहानियाँ तथा ग़ज़ल संग्रह (काव्य)

व्यवसाय: चिकित्सा सेवा

मो. नं.: 8577957554